Penjaga Batu

Romansa Gargoyle yang Melindungi

Demelza Carlton

Lost Plot Press

Lost Plot Press

SATU

Stanley Steel tidak pernah melupakan saat dia jatuh cinta. Dia hanya melihatnya sekilas - rambut pirang perak berkibar tertiup angin saat dia menjulurkan kepalanya ke luar jendela gerbong, wajahnya yang ceria menatap ke arah langit untuk menikmati sinar matahari Skotlandia yang langka.

Detik berikutnya, wajahnya terbakar, berdarah akibat pukulan yang dilayangkan oleh tanaman yang sedang berkuda itu yang kembali menghantamnya. Stan mengangkat lengannya, menangkis pukulan kedua dengan gagang sekopnya.

"Benar, nak, jaga pandanganmu tetap ke tanah, di mana seharusnya. Jika kamu pernah melihat adikku Carline lagi..." Penunggang kuda itu mengepalkan tangannya di sekitar tunggangannya dan mengguncang-guncangkannya.

Jadi itulah nama malaikat itu. Carline. Stanley menyukai rasanya di lidahnya. Nama yang indah untuk gadis yang cantik.

Cinta membuatnya berani. "Ini adalah jalan umum, Pak, dan bukan suatu kejahatan jika kita melihat mereka yang melewatinya. Mengapa, jika kita tidak memperhatikan setiap kereta yang melaju kencang yang melintas, seseorang mungkin akan tertabrak!"

Pria-pria lain, semua sepupunya, mulai tertawa.

Pria yang baik hati itu menarik dirinya sendiri, menarik tali kekang kudanya dengan keras, membuat binatang malang itu menari-nari dalam lingkaran. "Saya William Steel, dan suatu hari nanti semua tanah ini akan menjadi milik saya. Dan kamu akan bekerja di lumpur, dari fajar hingga senja, sampai hari kematianmu."

"Steel, bukan? Selamat bertemu, kalau begitu, Tuan Steel, karena itu adalah nama saya juga!" Kata Stan.

Orang-orang lain menimpali persetujuan mereka, karena mereka semua adalah Steel, meskipun putra bungsu atau putra dari putra bungsu, sehingga mereka tumbuh sebagai petani, sementara William Steel, yang jelas-jelas dinamai sesuai dengan nama ksatria yang membangun rumah bangsawan yang memerintah tanah ini, adalah putra sulung dari putra sulung.

William Steel menggeram, "Anda mungkin menyandang nama kakek buyut saya, tetapi Anda adalah sampah dibandingkan dengan saudara perempuan saya dan saya. Darah kami sebiru darah Raja, karena kami adalah keturunan dari istri pertamanya, seorang wanita Inggris, sedangkan Anda semua adalah keturunan dari pelayan-pelayan yang ditiduri oleh orang tua itu dan dinikahkan dalam kesedihannya karena kehilangan istrinya. Darah kalian keruh seperti lumpur yang kalian sekop, dan tidak layak untuk dicampur dengan darahku atau darah saudariku. Jika kamu berani menatapnya lagi, aku akan mencambukmu. Dan jika kamu mencoba untuk berbicara dengannya... itu akan menjadi hal terakhir yang kamu lakukan."

Dia menendang kudanya dengan keras, dan binatang malang itu melompat ke depan, memiliki akal yang lebih baik daripada tuannya saat menghindari Stan dan menuju jalan yang dilalui kereta.

Sesuatu menyentuh bahu Stan. Dia menoleh ke belakang untuk menemukan Wystan berdiri di belakangnya.

"Anda seharusnya tidak membuat orang itu marah, Stan. Dia orang yang keras, kata mereka, dan ayahnya mengirimnya ke sekolah di Inggris, belajar menggiling semua orang Skotlandia di bawah sepatunya. Jika harga sewa rumah naik lebih tinggi lagi, tak seorang pun dari kami akan mampu membelinya, dan kami harus bekerja di pabrik, atau lebih buruk lagi, di tambang batu bara. Lebih baik menggoda iblis daripada Steel yang akan menguasai rumah ini."

Stan tidak peduli dengan William, karena dia hanya memikirkan Carline. "Ah, tapi adiknya yang ingin aku goda, Wys. Apa kau melihatnya? Gadis cantik yang tampak seperti malaikat..."

Grant tertawa. "Kau dengar dia, coz. Kita tidak layak menjadi malaikat, atau bahkan gadis yang terlihat seperti mereka."

Saat itulah Stanley Steel bersumpah bahwa dia akan membuktikan bahwa pria itu salah. Dia layak untuk Carline Steel, dan dia akan membuat dia dan saudara laki-lakinya melihatnya. Suatu hari.

Dua

"Tidak ada virus bodoh yang akan menghalangi kita untuk menikmati liburan seumur hidup."

Alethea meringis. "Tapi Bu, cerita-cerita yang kita dengar di sini tentang semua orang sakit di Italia..."

"Itulah mengapa saya membujuk ibumu untuk tinggal di Prancis lebih lama lagi. Kami telah menemukan sebuah kota yang indah dengan pasar petani mingguan, dan salah satu petani siput yang baik hati bersedia mengizinkan kami memarkir mobil di lahan pertaniannya selama yang kami inginkan. Anda akan melihat pemandangan di seberang perbukitan dari sini. Hanya saja..."

"Indah?" Ibu menyela, sambil mendorong tubuhnya ke depan kamera di samping Ayah.

Alethea harus tersenyum. Ayahnya tidak pernah pandai menggunakan kata sifat. Jika Alethea bertanya seperti apa rasa siput, dia mungkin akan mengatakan bahwa siput itu enak.

"Ada kabar bahwa mereka mungkin akan menutup perbatasan, dan Anda tidak akan bisa terbang pulang." Dia tidak ingin mereka pulang lebih awal - mereka telah merencanakan untuk berkeliling Eropa selama bertahun-tahun - tetapi Perdana Menteri bersikeras bahwa jika warga Australia Barat ingin pulang, mereka harus pulang sekarang.

"Saya yakin mereka akan buka pada hari Natal, saat kami berencana untuk pulang ke rumah. Jika perlu waktu lebih lama lagi, saya selalu bisa mencari pekerjaan. Semua orang membutuhkan perawat," kata Ibu. Matanya menyipit. "Apakah kamu merawat anggrek-anggrekku dengan baik?"

"Ya, Bu. Siram sekali seminggu, dan dengan jumlah sinar matahari yang tepat." Ada satu halaman penuh instruksi, dan dia mengikutinya dengan patuh. Dan di sini dia mengira menjaga rumah untuk orangtuanya akan mudah, mengingat mereka tidak memiliki hewan peliharaan.

"Dan bagaimana dengan resolusi tahun baru Anda? Ada kemajuan?" Ibu mendorong.

Alethea menghela napas. Berurusan dengan anggrek yang lembut jauh lebih mudah daripada mencapai resolusinya tahun ini. Dia mungkin seharusnya mengatakan bahwa dia akan menurunkan berat badan atau semacamnya. Apapun akan lebih mudah daripada...

"Karena sebenarnya Anda harus pergi mencari cinta jika ingin menemukannya, sayang. Pergilah ke tempat-tempat di mana Anda akan bertemu orang-orang baru. Lalu pergilah berkencan."

Sebuah desahan lagi terdengar. "Aku ingin, Bu, tapi kami sedang mengerjakan penggalian yang sangat menarik di tempat kerja dan setelah selesai hari ini, yang ingin kulakukan hanyalah membersihkan diri dan tidur. Maksud saya, ini pertama kalinya ada orang yang melakukan penyelidikan semacam ini di pemakaman era kolonial sebelumnya, dan beberapa hal yang kami temukan, hanya saja..." Sangat rahasia, saking rahasianya, pemilik lahan membuat mereka menandatangani berbagai macam perjanjian kerahasiaan agar mereka tidak membagikan temuan mereka kepada siapa pun. "Benar-benar menarik," pungkasnya.

"Apakah ada pria seusiamu di lokasi penggalian?" Ibu menuntut.

"Ya, tapi... semua yang menarik sudah mati, Bu." Atau sudah diambil.

"Lain kali saya menelepon, saya ingin mendengar bahwa Anda telah berkencan. Kencan yang sebenarnya, Alethea Caroline Bell. Dan aku ingin mendengar semua detailnya."

Ayah memucat. "Mungkin tidak semua detail yang berdarah-darah."

Ibu menamparnya dan dia menghilang dari pandangan. "Ya, semua detail yang berdarah-darah. Aku seorang perawat. Yah, seorang pensiunan. Saya melihat semua jenis darah yang ada sebelum istirahat makan, dan kemudian melihat semuanya lagi pada paruh kedua setiap shift. Aku ingin tahu apakah dia... apa sebutan sepupumu Callie? Oh, itu benar. Jika dia memberikan penis yang bagus."

Lolongan sedih dari Ayah di latar belakang. Alethea ingin membuat suara yang sama.

"Bu, Callie hanya mengatakan itu untuk mengejutkan orang. Aku yakin dia tidak pernah benar-benar mengatakannya pada seseorang yang dilengkapi dengan..." Oh sial, sekarang dia tersipu malu.

"Sebuah penis?" Ibu menyelesaikannya untuknya.

Tidak, dia tidak akan membicarakan kehidupan seksnya dengan ibunya. Bahkan jika mereka melakukan panggilan video dengannya dari Prancis, sementara dia meringkuk di apartemen mereka di Perth Timur. "Ibu!"

"Baiklah, baiklah. Saya yakin Anda akan menggunakan penilaian yang baik, seperti yang biasa Anda lakukan. Maksudku, kau bukan Tacey."

"Ibu, Tacey adalah yang paling bertanggung jawab di antara kami semua. Sebagai seorang ibu tunggal, dia memang harus begitu. Dan dia adalah pemilik bisnis..."

"Ya, tapi..."

"Baiklah, Bu, saya akan melakukan yang terbaik untuk tidak melakukan kesalahan yang sama seperti yang dilakukan Tacey. Aku tidak akan tidur dengan pria berengsek yang akan mencoba membunuhku, dan aku akan memastikan untuk menggunakan dua kondom, untuk berjaga-jaga jika salah satunya rusak. Senang?"

Ibu mengerutkan kening. "Kamu tahu apa yang saya maksud. Kamu baru saja memulai proyek PhD-mu. Kamu tidak ingin mengacaukan semuanya dan tidak pernah menyelesaikannya. Tahukah kamu berapa banyak orang yang tidak pernah menyelesaikannya?"

Tidak, dan dia tidak peduli, karena dia tidak akan menjadi salah satu dari mereka. Penggalian kuburan ini akan memberinya semua bahan yang ia butuhkan untuk proyek PhD-nya dan sejumlah makalah.

"Sayang, kita harus pergi. Claudine bilang dia sudah siap untuk mengajak kita berkeliling peternakan sekarang," kata Ayah sambil menarik lengan Ibu.

Ibu mengibaskan jarinya ke arah layar. "Kencan, Alethea. Berjanjilah padaku, kau akan pergi berkencan."

"Ya, Bu."

Ucapan selamat tinggal mengakhiri panggilan tersebut, dan layar Alethea menjadi gelap. Dia menutup laptopnya.

Setidaknya dia tidak harus membuat janji yang melibatkan penis.

Tiga

"Dia menaikkan harga sewa lagi. Itu adalah yang kedua kalinya dalam setahun. Jika harga wol turun lebih jauh lagi, kami harus menjual domba-domba ini hanya untuk membayar sewa, dan hanya masalah waktu saja sebelum kami kehabisan domba," kata Harlow.

Wystan hanya menundukkan kepalanya. Dia tidak banyak bicara selama berbulan-bulan sejak istri dan putrinya meninggal, bahkan setelah Stan, Harlow, dan Grant pindah ke pondoknya untuk membantunya. Baiklah, mereka pindah untuk menghemat biaya sewa, karena satu pondok lebih murah daripada dua pondok, tapi Wystan tidak terlalu peduli.

Stan menggelengkan kepalanya. Seperti biasa, terserah dia dan Harlow untuk menemukan solusi bagi masalah mereka. Wystan tidak bisa membantu dan hanya Tuhan yang tahu ke mana Grant pergi.

Ada banyak pekerjaan di pabrik-pabrik, dia pernah mendengar. Seorang pria bisa mencari nafkah dengan jujur jika dia mau meninggalkan lahan pertanian tempat dia dibesarkan dan pindah ke kota. Atau lebih dekat dengan rumah, mungkin dia dan Grant bisa bekerja di pertambangan batu bara, meninggalkan Wystan dan Harlow untuk mengelola pertanian. Dengan begitu, mereka mungkin bisa mencegah penggusuran untuk sementara waktu.

Tetapi jika harga sewa naik lagi, seperti yang tidak diragukan lagi oleh Stan, karena ada bisikan-bisikan tentang William Steel dan hipotek besar yang dia ambil di tanah yang dia warisi dari ayahnya...

Grant menerobos masuk ke dalam pondok, membanting pintu dengan keras hingga memantul ke dinding dan hampir menjatuhkannya. Namun, dia tampaknya tidak peduli, karena dia hanya mengusap-usap bahunya sambil tersenyum lebar.

"Kalian semua harus berlutut dan berterima kasih kepada saya, karena saya telah menemukan solusi untuk semua masalah kita. Solusi yang sangat brilian yang akan membuat kita semua kaya raya, dan kita tidak perlu membayar sewa lagi, karena kita semua akan menjadi pemilik tanah yang kaya raya!" Grant melemparkan sebuah buku hitam tipis ke atas meja. "Kita semua akan beremigrasi ke Amerika!"

Harlow tertawa terbahak-bahak. "Itu lelucon yang bagus, saudara. Satu-satunya orang yang menghasilkan uang di Amerika sekarang adalah mereka yang memiliki atau menjual budak. Mengingat hal itu ilegal di sini dan bahkan jika tidak ilegal, kami tidak punya uang untuk membeli siapa pun, jadi maksudmu tentu saja kami harus menjual diri kami sendiri ke dalam perbudakan kepada penjual budak ilegal yang kau temui di pub!"

Bahkan Stan harus tertawa mendengarnya.

Grant hanya cemberut. "Itu tidak benar! Saya tidak mendengarnya dari orang asing di pub, tapi dari salah satu pengantin pria di rumah besar itu. Dia menemukan buku ini di dalam kereta William Steel, dan ada kabar bahwa dia akan memecat semua pelayannya agar bisa menjual rumah besar itu sebelum membuatnya bangkrut. Uang yang dia miliki, dia berencana untuk membeli barang dagangan untuk dibawa ke koloni. Dan jika orang-orang Steel di rumah besar itu melakukannya, maka bisa dipastikan akan ada uang yang dihasilkan."

"Jika William Steel pergi ke Amerika, maka saya ingin berada di belahan dunia lain di mana pun dia berada," kata Stan sambil membalikkan bukunya. "Entah di sini atau di New South Wales atau..." Dia menyipitkan mata pada halaman pertama. "Di mana di bumi yang hijau ini terdapat Koloni Swan River?"

Senyum Grant kembali mengembang. Dia mengambil buku itu dari Stan dan membuka halaman-halaman di bagian belakang. "Itu di Australia, di seberang pulau dari Sydney. Tidak ada narapidana sama sekali, dan mereka mengatakan bahwa setiap orang yang tiba di sana sebelum akhir tahun 1830 akan mendapatkan empat puluh hektar tanah, tanpa perlu membayar sewa."

Pikiran Stan berputar. Empat puluh hektar? Itu lebih besar dari perkebunan William Steel di sini. Dia menyita buku itu. Pasti ada sesuatu. Tidak ada yang akan memberikan harta sebesar itu dengan cuma-cuma. "Ah, tapi inilah masalahnya! Kita harus menginvestasikan tiga pound untuk empat puluh hektar itu. Saya tidak tahu tentang Anda, tetapi kita akan beruntung jika bisa mengumpulkan satu pound di antara kita, jika kita menjual semua yang kita miliki, dan itu hampir tidak akan cukup untuk membiayai perjalanan kita ke koloni ini."

"Anda harus terus membaca, karena. Ada lagi. Setiap orang yang membayar untuk perjalanan seorang pekerja akan mendapatkan dua ratus hektar per orang. Sir Thomas Peel telah menyewa dua kapal untuk mengangkut manusia dan semua yang dibutuhkan untuk menjinakkan koloni ini, dan dia berjanji untuk memberikan sebagian dari tanahnya kepada setiap orang yang ikut berlayar bersamanya! Empat puluh hektar per orang, setelah lima tahun kerja paksa."

Perbudakan. Stan pernah mendengar tentang hal-hal seperti itu di Amerika, di mana itu sedikit lebih baik daripada perbudakan, tetapi dengan janji tanah yang begitu luas dengan hanya bekerja selama lima tahun...

Dalam lima tahun, dia akan bisa membuktikan bahwa dia layak mendapatkan Carline. Dia akan memiliki lebih banyak tanah daripada kakaknya, bebas dan jelas, tanpa hipotek. Itu akan menunjukkan kepada William Steel siapa yang layak.

"Daftarkan kami semua. Kau, aku, Harlow dan Wystan," perintah Stan. "Lima tahun kerja untuk empat puluh hektar adalah harga yang murah menurut perhitungan siapa pun. Jika Koloni Swan River ini setengah subur seperti yang tertulis di buku ini, kita akan menjadi orang kaya, mampu membayar tiket perjalanan untuk anggota keluarga kita yang lain untuk datang dan bergabung dengan kita. Atau kembali ke sini dan membeli rumah besar itu untuk kita sendiri."

Grant bertepuk tangan. "Kedengarannya seperti petualangan yang luar biasa!"

Harlow menatap Stan dengan tatapan tajam. "Kedengarannya seperti kegilaan, atau setidaknya pertaruhan yang gila. Mengapa saya harus membiarkan kegilaan seperti itu menjangkiti saya?"

"Karena itu adalah kegilaan untuk tetap tinggal, atau pergi. Hidup adalah pertaruhan, dan saat ini, satu-satunya pilihan yang kita miliki adalah mengikuti kegilaan kita. Kita bisa bertaruh di Swan River Colony ini, dan bekerja selama lima tahun untuk tanah kita sendiri. Pekerjaannya akan berat, tentu saja, tapi memiliki tanah sendiri sangat berharga. Atau kita bisa tetap tinggal di sini, dan bekerja keras, menjual domba dan keringat di dahi sampai tidak ada lagi yang tersisa, dan kita diusir. Tidak ada masa depan di sini. Jika kami tinggal, kami mungkin hanya menunda nasib untuk sementara waktu, tetapi pada akhirnya, kami akan kalah. Jika kami beremigrasi... dengan satu atau lain cara, kami pasti akan menang."

Senyum tipis menyentuh bibir Harlow. "Ah, pria idaman hati saya, karena Anda tahu bagaimana cara memenangkan hati saya. Aku tidak pernah bertaruh kecuali aku tahu aku akan menang, karena aku benci kalah. Selain itu, ada Wystan yang harus dipikirkan. Pria itu membutuhkan perubahan pemandangan untuk menyembuhkan kesedihannya. Sedikit kerja keras di padang gurun Swan River ini mungkin bisa menyembuhkannya."

Stan menarik napas dalam-dalam dan menghembuskannya perlahan-lahan. Maka, sudah selesai. Ke Koloni Sungai Angsa mereka akan pergi, dan iblis akan berada di bagian belakang.

EMPAT

Alethea tidak pernah membayangkan begitu banyak hal yang bisa berubah dalam seminggu. Perbatasan nasional ditutup. Perbatasan negara ditutup. Dia bahkan tidak diizinkan meninggalkan kota. Restoran, pub, dan perpustakaan tutup, dan ada pita peringatan di sekitar taman bermain anak-anak di setiap taman. Oh, dan tangan semua orang terasa kasar karena terlalu sering menggunakan pembersih tangan, seperti orang lupa bagaimana cara melembabkannya.

Bagian terbaiknya adalah bagaimana Anda harus menjaga jarak dua meter dari semua orang, agar Anda tidak tertular virus tersebut. Virus yang telah membunuh begitu banyak orang di Italia dan Cina dan dia tidak ingat di mana lagi, tapi dia melihat peti mati di berita, semua berbaris, menunggu untuk dikuburkan.

Seakan-akan dia tidak melihat cukup banyak peti mati di tempat kerjanya. Ya, potongan peti mati, seperti yang dia gali sudah ada di sana selama lebih dari satu abad, dipadatkan di bawah lapangan tenis dan kemudian tempat parkir mobil. Pekerjaannya, yang berada di luar dan mudah untuk menghindari orang saat melakukannya, tidak berubah. Memang ada yang menaruh sebotol cairan pembersih tangan di ruang makan siang, tetapi semua orang lebih memilih untuk mencuci tangan mereka secara menyeluruh. Karena ketika Anda berurusan dengan jasad manusia, semprotan cairan pembersih tangan saja tidak cukup.

Sebenarnya, pergi berkencan sama sulitnya dengan membeli tisu toilet dari rak supermarket yang tiba-tiba kosong.

Jadi dia melakukan apa yang selalu dia lakukan ketika dia membutuhkan bantuan - dia bertanya kepada gadis-gadis di Bell House.

"Yah, selalu ada kencan online," kata Callie. "Anda bisa mengenal pria tersebut, mengobrol secara online, sebelum Anda benar-benar bertemu dengannya."

"Ya, tapi ada begitu banyak cara untuk menipu Anda secara online," kata Octavia. "Profil palsu, foto-foto palsu... serius, beberapa pria membuat lusinan profil sehingga mereka bisa membujuk para gadis untuk mengirimkan foto telanjang. Dan jangan lupa foto penis. Begitu banyak pria yang ingin mengirimi Anda foto sosis berbulu mereka karena mereka pikir Anda akan menganggapnya menarik..." Dia bergidik.

"Tidak perlu terburu-buru, bukan? Maksud saya, pandemi ini akan berakhir dalam beberapa bulan, seperti ketakutan akan SARS dan MERS. Atau flu babi atau flu burung... itu semua akan menjadi kenangan, saat Natal nanti," kata Tacey.

"Sudah hampir Natal?" Rory bertanya, mata anak berusia lima tahun itu bersinar seperti mata seorang gadis kecil.

"Tidak, sayang, tidak sampai Desember. Saat itu musim panas," kata Tacey. Dia memeriksa jam tangannya. "Sebenarnya, ini sudah hampir waktu tidur, jadi kamu harus pergi menyikat gigi dan mencuci muka, lalu memakai piyama, siap untuk tidur."

Rory mengerutkan kening, tapi dia melakukan apa yang dikatakan ibunya.

Alethea merindukan tinggal bersama mereka semua. Di Bell House, selalu ada orang yang bisa diajak bicara, kapan pun waktunya. Tidak seperti di rumah orang tuanya, di mana dia selalu sendirian. Dan ada kabar tentang pengurungan orang-orang di rumah mereka, seperti yang terjadi di negara-negara lain, sehingga dia bahkan tidak bisa mengunjungi mereka. Alethea bergidik. Pasti pandemi tidak akan seburuk itu di Australia.

"Kami akan membantu Anda menyiapkan profil Anda," kata Tacey. "Dengan adanya Callie dan Octavia di sini untuk memberi saran, Anda tidak akan melakukan kesalahan yang sama seperti yang mereka lakukan."

Octavia terbatuk-batuk. "Kesalahan yang dilakukan Callie, bukan aku. Aku tidak pernah peduli dengan kencan online. Game online, yah ... apa lagi yang harus kulakukan di kamp antah berantah, tanpa koneksi internet yang layak? Tapi ini bukan tentang saya. Ini tentang Alethea dan pencarian cintanya. Pertama, dia butuh foto yang bagus." Dia mengamati ruangan itu. "Berdirilah di sini, di depan rak buku. Itu akan menunjukkan seberapa besar Anda suka membaca."

"Benda apa yang ada di rak itu?" Alethea bertanya.

Semua orang tertawa.

"Rory terobsesi dengan Mandalorian, jadi dia menginginkan semua yang berhubungan dengan Baby Yoda. Dia menaruh semuanya di sepanjang rak buku agar mereka bisa menonton pertunjukan itu bersamanya." Tacey meraih patung hijau terdekat. "Saya akan memindahkannya dari sana."

"Tidak! Tinggalkan mereka. Di antara buku-buku dan patung-patung itu, itu menunjukkan bahwa Alethea menyukai buku dan budaya pop. Gadis-gadis geek pasti mendapat perhatian," kata Octavia.

"Tapi aku bahkan tidak tahu apa itu benda hijau," protes Alethea. "Saya suka alien saya yang seksi dan berotot dan memiliki tubuh yang bagus. Bukan yang kecil, hijau dan keriput."

"Tidak apa-apa. Anda bisa menyebutkan kegemaran Anda pada alien peen yang aneh di profil Anda," kata Callie.

"Tuhan, tidak! Itu akan membuatmu mendapatkan tiga kali lipat jumlah foto penis, aku bersumpah, karena mereka mengira kamu ingin melihat barangnya. Jangan sebutkan penis di mana pun di profil atau preferensi kalian."

"Bahkan jika itu adalah satu-satunya bagian dari dirinya yang membuatmu benar-benar tertarik?" Callie bertanya.

"Callie!" Alethea memprotes. "Aku seharusnya mencari cinta, bukan pacaran!"

"Ya, tapi Anda harus memulainya dari suatu tempat. Kencan pertama, hubungan seks pertama Anda... Maksud saya, bagaimana Anda bisa tahu dia memberikan penis yang bagus kecuali Anda sudah mencicipi barangnya?"

"Dan itulah mengapa Callie masih lajang, karena dia hanya berkencan dengan pria yang menyukai seks di kencan pertama seperti dirinya, itulah sebabnya dia tidak pernah memberi mereka kencan kedua," kata Tacey.

"Hei, penis yang bagus adalah komoditas yang semakin langka. Bukan salahku kalau kebanyakan pria tidak tahu apa yang harus dilakukan dengan alat vital mereka. Atau bagian tubuh wanita mana pun, sungguh."

"Dan kita kembali ke alasan mengapa Alethia mencari cinta, karena pria yang sempurna tidak ada di luar halaman-halaman buku," kata Octavia.

Koor setuju menyambut pernyataan itu, yang membuat Alethia semakin merindukan tinggal bersama mereka. Memang, mereka bertengkar seperti saudara kandung, bukan sepupu (kecuali Octavia dan Tacey, yang sebenarnya bersaudara), tetapi mereka adalah keluarga yang selalu mendukung satu sama lain. Atau profil kencan, seperti yang sudah berhasil ditampilkan Octavia di layar tabletnya. Lengkap dengan foto Alethia di depan rak buku yang tidak terlihat jelek.

"Baiklah, ayo kita isi ini," kata Octavia. "Minat?"

"Buku dan arkeologi," kata Alethia.

"Ya, orang yang sudah mati dan yang fiksi." Callie mengambil minumannya untuk bersulang atas pilihan Alethia. "Jenis yang terbaik."

Tacey membungkam Callie, sementara Octavia melanjutkan, "Kegiatan kencan favorit?"

"Makanan yang luar biasa yang tidak perlu saya masak."

Mereka semua tertawa mendengarnya. Tacey adalah juru masak terbaik di antara mereka, karena itulah dia mengelola kafe yang sukses, tetapi Alethea adalah yang terburuk.

"Pasangan ideal Anda?"

Alethea menarik napas dalam-dalam. "Seorang penggemar sejarah yang suka membaca dan bepergian, yang tidak takut mengotori tangannya, yang mencari hubungan selamanya ... dan memiliki penis yang besar, dengan tubuh yang indah. Oh, dan dia harus memiliki suara seksi yang dapat membawa saya setengah jalan ke surga, dengan keterampilan untuk membawa saya ke sisa perjalanan setelah celana terlepas."

Callie dan Tacey tertawa, tapi Octavia mengerutkan keningnya ke arah layar. "Aku bisa memasukkan bagian pertama, tapi bagian tentang menjadi kotor dan apa pun setelahnya. .. tidak, kamu harus membuat kata-kata yang lebih baik dari itu, atau yang akan kamu dapat hanyalah pegulat lumpur, petani yang kesepian, dan kaum homo yang terobsesi pada seks bokong. Belum lagi kotak masuk yang penuh dengan film porno." Dia menarik-narik telinganya, berpikir. "Bagaimana dengan pria yang mencari cinta dalam hidupnya, sehingga dia bisa membuatnya bahagia?"

Tacey mengangkat tangannya. "Saya ingin salah satunya."

Lebih banyak tawa, sampai Alethia sadar. "Ya, itu mungkin berhasil."

Octavia mengangkat bahu. "Jika tidak, Anda bisa menggantinya. Maksud saya, pasangan sempurna Anda mungkin saja seorang pegulat lumpur atau petani yang kesepian. Dan jika kamu bertemu dengan seseorang yang cantik yang tidak begitu cocok, kamu selalu bisa mengenalkannya pada kami semua. Callie bisa melakukan tes penis, Tacey bisa memeriksa apakah dia membawa kegembiraan dan saya bisa melakukan pemeriksaan latar belakang, untuk memastikan dia bukan raja kripto di dunia maya yang menghasilkan semua uangnya dari narkoba dan budak seks." Ketika semua orang menatapnya, dia hanya mengangkat bahu. "Apa? Ada orang-orang seperti itu di luar sana, dan mereka terlihat seperti orang biasa, sama sekali bukan monster. Kamu harus berhati-hati."

Jika Alethea tidak memutuskan untuk melakukan hal ini, ia mungkin akan menyerah pada saat ini, tetapi para gadis itu sangat membantu dan penuh harapan... sesuatu yang baik pasti akan terjadi.

Lima

"Ini waktunya untuk membayar hutangmu," kata Stan, karena ia tahu bahwa sepupu-sepupunya mendukungnya.

"Tapi saya masih belum mendapatkan semua hibah tanah saya dari Gubernur, dan keluarga saya akan segera tiba. Setelah mereka menetap dan Gubernur memberikan apa yang menjadi haknya," rengek Peel. Bukan Sir Thomas Peel, hanya Tuan Thomas Peel yang sudah lama kehilangan rasa hormat yang seharusnya bisa membuatnya mendapatkan gelar biasa seperti Tuan.

"Lima tahun kami telah bekerja untuk Anda, Peel, dan sekarang kami menginginkan apa yang menjadi hak kami. Lima tahun gaji, dan masing-masing empat puluh hektar. Seperti yang dijanjikan, dalam kontrak yang kami tandatangani saat di Inggris. Semua orang pergi, sementara kami berempat berdiri di sampingmu. Orang Inggris dan keluarga mereka menangis kepada Gubernur untuk dibebaskan dari kontrak mereka, tapi kami orang Skotlandia, dan orang Skotlandia selalu menepati janji. Kami telah melakukan semua yang Anda minta, dan ini adalah persyaratan kami. Jika kami tidak dapat memiliki tanah seluas yang Anda janjikan di Inggris, kami akan mendapatkan tanah ini sebagai gantinya." Stan mengulurkan peta yang digambar tangan oleh Wystan yang disalin dari rencana Peel. Rencana yang dikirimkan Gubernur kepadanya, bersama dengan hibah tanah-tanah ini. Mungkin bukan seluruh lahan yang dijanjikan kepada Peel, tapi luasnya lebih dari sepuluh kali lipat dari seratus enam puluh hektar yang diminta Stan. "Sekarang tulislah surat kepada Gubernur, katakan padanya bahwa Anda memberikan tanah-tanah ini sesuai dengan ketentuan kontrak kita, karena jika kami harus berkunjung ke Gubernur tanpa surat itu, kami akan terpaksa mengatakan bahwa Anda telah melanggar kontrak, dan saya telah mendengar bahwa penjara di Van Diemen's Land merupakan tempat yang kejam bagi siapa pun, apalagi bagi mereka yang terbiasa memiliki pembantu. Lalu apa yang akan dilakukan keluargamu saat mereka tiba? Karena Gubernur pasti akan mengambil tanah Anda sebagai barang rampasan..."

"Cukup!" Peel menangis. Memang, tampak ada air mata di sudut matanya. "Kamu akan mendapatkan surat dan tanahmu. Meskipun orang lain mungkin tidak begitu jujur, saya juga orang yang memegang teguh kata-kata saya."

Kurang dari satu jam kemudian, keempat keluarga Steel naik ke sebuah perahu untuk berlayar ke pesisir pantai menuju Fremantle, di mana mereka akan menyusuri sungai menuju Perth dan kantor Gubernur. Di sana, mereka akan menukarkan surat Peel dan peta tersebut dengan hak milik atas tanah milik mereka sendiri. Tanah yang akan mereka kembalikan, setelah mereka membeli beberapa persediaan, cukup untuk bertahan hingga panen di musim panas. Mungkin tahun depan, atau tahun berikutnya, mereka akan membangun dua atau tiga pondok lagi, alih-alih berdesakan di pondok batu kecil yang telah menjadi tempat tinggal mereka selama lima tahun. Sekarang, itu akan menjadi rumah.

"Dan Anda?" tanya sekretaris Gubernur.

"Tuan Steel," kata Stan, sambil menarik surat Peel dari dalam mantelnya. "Saya di sini untuk..."

"Rencana untuk pabrik baru, tentu saja," ujar sekretaris dengan lancar, sambil berdiri dan menawarkan tangannya kepada Stan. "Gubernur akan senang sekali untuk meletakkan batu pertama."

"Eh, bukan, bukan pabriknya. Kami di sini untuk membicarakan hibah tanah di dekat Sungai Murray."

Sekretaris itu tampaknya tidak mengerti. "Tapi... pabriknya. Gubernur mengatakan Anda akan datang hari ini dan untuk memastikannya, saya katakan bahwa dia mendukung pabrik baru, tepat pada waktunya untuk panen berikutnya."

Stan menggelengkan kepalanya. "Saya rasa Anda pasti salah mengira saya dengan orang lain. Saya tidak sedang membangun pabrik."

Sekretaris itu membolak-balik kertas-kertas di mejanya dengan tergesa-gesa. "Tapi Anda Tuan William Steel, bukan?"

Hati Stan membeku. William Steel ada di sini, dan bukan di Amerika?

Dia memaksa dirinya untuk tersenyum. "Oh, tidak, William Steel adalah sepupu saya. Aku Stanley Steel." Lebih mirip sepupu kedua, tapi begitu juga Wystan, Harlow dan Grant, dan mereka adalah keluarga.

"Yang akan membuat Nona Carline Steel yang cantik menjadi sepupu Anda juga, lebih disayangkan lagi. Barang yang cukup menggairahkan, itu. Saya yakin sepupu Anda mendapat selusin tawaran setiap hari untuk tangannya, dan mungkin lebih banyak lagi." Sekretaris itu mengedipkan mata. "Saya yakin dia sedang menunggu tawaran dari salah satu pemilik tanah besar di York, jadi dia bisa menjualnya dengan harga yang tepat."

Carline juga ada di sini? Dan kemungkinan akan dijual kepada penawar tertinggi sebagai pengantin? Ya Tuhan, apakah William tidak punya rasa malu? Begitu banyak hal yang harus dibuktikan oleh Stan untuk membuktikan bahwa dia layak mendapatkannya. William Steel tidak layak menjadi kakaknya jika dia bermaksud menjualnya pada seorang pria tua yang kaya.

Tidak. Dia tidak bisa membiarkan hal ini terjadi. Tidak untuk Carline.

Stan memaksakan sebuah senyuman lagi. "Sayang sekali tidak ada cukup banyak wanita cantik di koloni ini untuk menjadi pengantin bagi kita semua. Tapi waktu dan air pasang tidak menunggu siapa pun, jadi jika Anda berbaik hati... kami telah mencapai kesepakatan dengan Tuan Thomas Peel tentang beberapa lahan pertanian di sepanjang Sungai Murray, dan kami ingin melihat sertifikat yang diberikan atas nama kami, jika Anda berkenan..."

"Tentu saja, tentu saja."

Dalam waktu yang cukup singkat, Stanley, Grant, Wystan dan Harlow menjadi pemilik tanah. Mereka mengucapkan terima kasih kepada sekretaris dan bergegas keluar kantor.

"Kenapa terburu-buru?" Harlow bertanya.

"Apa kamu tidak mendengar pria itu? William Steel akan segera tiba di sini, dan Carline ada di sini di koloni bersamanya, untuk dinikahkan dengan pemilik tanah kaya mana pun yang dianggapnya paling layak." Stanley melambaikan setumpuk kertas ke arah sepupunya. "Saya bermaksud menyergapnya, dan memastikan bahwa pria yang pantas mendapatkannya adalah saya."

"Bukankah dia orang yang memukul Anda dengan cambuknya, dan mengancam akan mencambuk Anda karena memandangnya?" Wystan bertanya.

Ketiga pria itu menatapnya dengan terkejut.

Wystan mengangkat bahu. "Apa? Aku telah kehilangan istriku, bukan akalku. Berbeda denganmu, Stan, jika kau pikir pria yang mengancam nyawamu karena melihat adiknya akan mengizinkanmu menikahinya."

Mungkin Wystan benar. Tapi dia tidak akan pernah memaafkan dirinya sendiri jika dia tidak mencobanya. Lima tahun kerja keras untuk memenangkan perkebunan ini haruslah bernilai. Dia hanya berharap itu akan cukup untuk memenangkan hati Carline.

Enam

INGIN BERTEMU?

Alethea hanya menatap layar, jarinya melayang-layang tanpa tahu harus mendarat di mana.

Dia telah menghabiskan tiga bulan dalam hubungan cinta/benci dengan aplikasi kencan yang didaftarkan Octavia. Akan lebih baik jika dia merasakan sesuatu yang mirip dengan cinta pada salah satu pria yang berinteraksi dengannya, tetapi perasaannya terhadap mereka lebih sepe rti... ambivalensi, berbatasan dengan kebosanan, yang bahkan dia tahu itu adalah ciuman kematian dalam hubungan apa pun. Dia menginginkan cinta dan gairah serta percikan api, bukan... untuk dapat membuat daftar sepuluh hal yang tidak dia benci dari seorang pria.

Pria yang saat ini meminta untuk bertemu dengannya tampaknya bukan gembong kripto gila yang diperingatkan Octavia. Dia bekerja di beberapa lokasi tambang di utara, mengunggah foto-foto lanskap gurun dan langit setiap beberapa hari sekali ketika dia berada di lokasi. Dia memiliki mata yang bagus untuk warna dan dia tahu sedikit tentang burung, atau setidaknya burung yang dia potret. Suaranya bagus.

Tapi dia tidak mencari kesenangan. Dia mencari cinta, dengan tambahan seks yang sangat panas.

Instingnya mengatakan tidak. Untuk bertahan demi sesuatu yang lebih.

Tapi dia muak sendirian di apartemen orang tuanya, hanya pergi untuk mengambil makanan yang bisa dibawa pulang dari salah satu dari sedikit restoran yang berhasil tetap buka selama pembatasan. Dengan pembatasan yang melonggar minggu depan, dan restoran benar-benar diizinkan untuk melayani orang di meja lagi, hanya dengan memikirkan bisa berbagi makanan dengan seseorang, siapa pun, apakah dia orang yang baik atau gembong kripto yang gila ...

Setidaknya, dia akan memiliki percakapan makan malam yang menarik yang belum pernah didengarnya ratusan kali sebelumnya, bukan?

PASTI, dia mendapati dirinya sedang mengetik. Dia mulai menulis kapan dan di mana, lalu mempertimbangkan kembali. Jika ini adalah pertama kalinya ia makan di luar dalam beberapa bulan, ia ingin memastikan bahwa makanannya akan enak, jadi ia menyebutkan sebuah restoran yang tidak jauh dari rumah orang tuanya, dan bertanya kapan ia akan datang.

Jawabannya langsung datang dengan segera:

JUMAT MINGGU DEPAN JAM 7?

Sedikit lebih dari seminggu lagi. Setidaknya dia bisa memberitahu ibunya bahwa dia akhirnya pergi berkencan, pikir Alethea sambil mengetik persetujuannya. Dia akan pergi keluar, makan enak, mungkin mengobrol, dan perlahan-lahan mengumpulkan keberanian untuk menanyakan apakah pria itu memberikan penis yang bagus. Seberapa burukkah itu?

TUJUH

Air pasang pergi tanpa mereka, karena Stan terlalu sibuk menenggelamkan kesedihannya dalam minuman untuk mengindahkan panggilan sepupunya untuk ikut bersama mereka, dan mereka tidak begitu berperasaan untuk pergi tanpa dia.

"Saya sudah bilang dia tidak akan mengizinkan Anda menikahinya," kata Wystan sambil menggelengkan kepala.

"Bukan hanya itu," Stan berapi-api. "Dia berani menyebut saya tidak layak, padahal dia tidak lebih baik dari kita semua! Seseorang harus memberinya pelajaran."

"Saya mendengar bahwa penduduk asli sudah melakukannya. Mereka mencuri semua tepung di penggilingannya belum lama ini," kata Grant. "Mungkin kita harus melakukan hal yang sama."

Harlow membanting tangannya ke meja. "TIDAK! Dengarkan dirimu sendiri. Kita bukan pencuri. Kita punya cukup uang untuk membeli tepung yang kita butuhkan."

"Ini bukan tentang apa yang kami butuhkan. Ini tentang apa yang dibutuhkan Stan," kata Grant. "Anda mendengar William mengatakan sendiri bahwa dia akan pergi ke Fremantle selanjutnya, jadi dia tidak akan pulang malam ini. Kita bisa menyelinap masuk, di bawah kegelapan, dan pergi tanpa diketahui siapa pun, dan membawa cukup tepung untuk kita panen."

"Bukan tepung atau balas dendam yang saya inginkan, tapi Carline," protes Stan. Dia mengangkat gelasnya ke bibirnya, dan sebuah ide cemerlang muncul di benaknya. Dia menjatuhkan gelasnya ke atas meja lagi. "Kita orang Skotlandia sejati, bukan?"

"YA!"

"Tentu saja."

"Ya..."

"Dan mencuri pengantin adalah kebiasaan kuno Skotlandia..." lanjutnya.

"Tidak," Harlow memulai, tetapi Stan tidak mau diam.

"Malam ini, kita akan pergi ke penggilingan dan menculik Carline. Kita akan membawanya ke peternakan kita, di mana kita akan menjaganya tetap aman dari kakaknya dan semua pelamarnya yang kaya raya, sampai dia melihat cahaya dan setuju untuk menikah denganku," kata Stan dengan bangga.

"Dan curi semua tepungnya selagi kita melakukannya," Grant menyelesaikan. "Ini brilian!"

"Itu bodoh," bentak Harlow.

"Ini adalah tradisi, dan jika dia benar-benar mencintainya..." Wystan tampak sedih. Seperti memikirkan istrinya yang sudah meninggal.

Butuh waktu satu atau dua jam untuk meyakinkan mereka semua, dan Harlow bersikeras bahwa dia hanya ikut untuk memastikan mereka tidak mendapat masalah, tetapi pada saat itu Stan sudah memiliki rencana. Dia hanya berdoa agar tidak ada yang salah.

Delapan

Alethia tidak ingat pernah melakukan persiapan sebanyak ini untuk sebuah kencan sejak pesta dansa Kelas 12, dan dia bahkan belum pernah berkencan untuk pesta dansa tersebut.

Kemudian lagi, dia tidak mempertimbangkan untuk berhubungan seks dengan siapa pun setelah pesta dansa, sementara malam ini, jika pria itu setengah layak, dia akan mempertimbangkannya dengan serius. Jadi dia pergi keluar dan membeli pakaian dalam berenda yang serasi, tapi dia menyembunyikannya di balik gaun selutut dan stoking. Sementara dia berada di toko dewasa untuk membeli stoking (karena toko-toko seks menjual stoking terbaik, dia belajar dari seorang teman yang melakukan tarian kompetitif), dia juga memborong sekotak kondom yang sangat bagus, serta sebuah kondom baru untuk diberikan kepada Octavia pada hari ulang tahunnya, karena itulah yang Anda berikan kepada Octavia pada hari ulang tahunnya. Dia tidak ingat sejak kapan tradisi ini dimulai, tetapi yang penting adalah dia terus melanjutkannya, jadi dia melakukannya.

Sewaktu ia membayar belanjaannya, gadis di belakang meja kasir bertanya, "Apakah Anda sudah melihat vibrator baru kami? Ini adalah model terlaris di pasar AS dan tersedia dalam lima warna." Dia melambaikan tangannya di atas pajangan perangkat berbentuk penis mewah, menggoyangkan jari-jarinya seperti sedang melakukan sulap.

Alethea mempertimbangkannya. Alat-alat itu mungkin lebih baik daripada kebanyakan pria, dan mungkin menjadi tolok ukur yang akan digunakan Callie untuk membandingkan pria sejati, untuk menentukan apakah dia memberikan penis yang bagus. Sialnya, jika dia tidak beruntung pada kencan ini, dengan penis yang lumayan atau bagian lain dari tubuhnya yang dia tahu bagaimana membuatnya senang, dia mungkin akan membutuhkan salah satu dari ini.

Tapi dia tidak menginginkan mesin. Dia menginginkan seorang pria. Itulah mengapa dia membuat resolusi tahun baru yang gila ini sejak awal, dan terjebak di rumah sendirian di rumah orangtuanya selama pandemi baru saja menyadarkannya betapa dia ingin terhubung dengan seseorang. Secara mental maupun fisik. Lebih dari segalanya, Alethia tidak ingin sendirian lagi.

Tetapi jika dia membelinya sekarang, itu berarti mengakui kekalahan, bahkan sebelum dia bertempur. Ini adalah cinta, bukan perang, tapi tentu saja prinsipnya sama.

"Tidak, terima kasih," kata Alethea dengan tegas.

"Apa kamu yakin? Saya baru saja membukanya pagi ini, dan mereka melesat keluar dari pintu yang membuat Anda tidak akan percaya. Kami mungkin akan terjual habis pada hari Senin, dan siapa yang tahu kapan kiriman berikutnya akan tiba, dengan semua pesawat penumpang yang di-grounded dan sebagainya." Dia mengedipkan mata. "Aku berjanji kamu akan menyesal jika tidak membelinya sekarang."

Mungkin, tapi dia telah hidup selama dua puluh empat tahun tanpa memiliki vibrator, dan tidak ada sepupunya yang memilikinya. Tidak ada seorang pun yang ia kenal yang memilikinya, meskipun mereka sering muncul di buku-buku. Mungkin itu adalah hal yang khas Amerika, karena pria Amerika tidak tahu bagaimana cara melakukannya, jadi para gadis di sana harus mengambil tindakan sendiri.

Gadis-gadis Australia memang berbeda, dan mudah-mudahan, setidaknya seorang pria Australia juga demikian.

Dia melengkapi pakaiannya dengan sepasang sepatu bot dengan hak tinggi. Untuk berjaga-jaga jika dia tinggi, jadi akan lebih mudah baginya untuk menciumnya. Atau agar dia menciumnya...

Sekarang, keputusan penting: apakah dia harus menggerai rambutnya ke atas atau ke bawah? Dia menguncir rambutnya di foto profilnya, dan biasanya dia mengepangnya ke belakang untuk bekerja, tetapi para pria menyukai rambut panjang dan rambutnya hampir mencapai pinggangnya. Tentu saja, karena dikepang sepanjang hari, rambutnya akan bergelombang jika dia tidak menggunakan pelurus rambut, yang akan memakan waktu setidaknya satu jam, mungkin dua jam, dan dia tidak punya waktu untuk itu saat ini. Jadi, ia menyisirnya kembali menjadi kuncir kuda yang tinggi, dan berharap itu sudah cukup.

Jika tidak... mungkin masih ada vibrator yang tersisa untuk dia beli pada hari Senin.

Sembilan

Mereka bersembunyi di semak-semak, menghadap ke kolam penggilingan, sambil menunggu William Steel pergi. Dia tampak sangat lama mengangkut karung-karung tepung. Grant menggerutu bahwa tidak akan ada lagi yang tersisa untuk mereka curi, dan Harlow membungkamnya sebelum Stan sempat berkata apa-apa. Setidaknya dua dari mereka bisa berpikir jernih. Wystan tampak kembali tenggelam dalam dunia kecilnya, melamun tentang apa yang akan dilakukannya jika istrinya masih hidup.

Akhirnya, William memasukkan karung terakhir dan naik ke atas perahu sendiri. Stan hampir bersorak dengan lantang saat mereka melaju ke hilir.

"Sekarang?" Grant bertanya, matanya bersinar penuh semangat.

"Tidak, bodoh. Kita tunggu sampai matahari terbenam," bentak Harlow.

Matahari adalah siput yang sangat lambat malam ini, dari semua malam, ketika semua yang diinginkan Stan begitu dekat sehingga dia hampir bisa menggenggamnya.

"Baiklah, seperti yang telah kita sepakati. Kita bertiga melihat apa yang ada di dalam penggilingan, sementara kamu, Stan, pergi mencuri pengantin untuk dirimu sendiri," kata Harlow dengan muram.

Stan mengangguk, lalu melesat pergi, tetap rendah agar tidak terlihat, saat ia mengelilingi perkemahan. Tenda kanvas abu-abu itu terkulai di bawah sinar bulan, seakan-akan tenda itu juga menyedihkan karena Carline dipaksa untuk hidup dalam kemelaratan seperti itu. Pondok batu yang ia dan sepupunya bangun di atas tanah yang diberikan Peel kepada mereka jauh lebih baik dari ini... ia bahkan tidak bisa menyebutnya gubuk, karena hal itu merupakan penghinaan terhadap kekokohan bangunan semacam itu.

Tenda itu tampak seperti satu hembusan angin musim dingin yang akan menerbangkannya. Mungkin itu sebabnya William bermaksud menjualnya kepada seorang petani di York - agar ia tidak menghabiskan satu malam lagi di bawah tenda. Mungkin dia memang peduli dengan kesejahteraannya.

Tapi dia tidak bisa merawatnya sebanyak yang dilakukan Stan, dan Stan akan memberikan semua yang diinginkan hatinya, jika itu bisa ditemukan di koloni.

Dia merayap ke tenda, lalu menyelinap ke dalam, mencari tempat tidur Carline. Dia menemukan tempat tidur, baik-baik saja, tetapi keduanya kosong.

Dia tidak ada di sini. Itu berarti dia pasti berada di pabrik.

Pabrik yang hendak dijarah oleh sepupu-sepup unya...

Stan pun mulai berlari.

Sebuah suara tembakan bergema di semak-semak, diikuti oleh dua tembakan lainnya. Dia mengira dia mendengar suara Grant, tetapi dia tidak bisa membedakan kata-katanya.

Stan berlari lebih cepat. Dia tidak tahu bagaimana Grant mendapatkan senjata itu, tetapi dia adalah penembak yang sembrono seperti yang lainnya. Bagaimana jika dia tidak sengaja menembak Carline? Stan tidak akan pernah memaafkan dirinya sendiri jika Carline terluka.

Dia mengitari penggilingan, tetap berada di dekat bayangan yang memeluk dindingnya sambil mencari pintu. Terkunci, syukurlah - jika dia bersembunyi di dalam, dia aman.

Dia meletakkan bahunya ke pintu, mendorongnya dengan seluruh berat badannya, tetapi kayu itu tidak bergeming. Kayu keras Australia adalah tandingan dari kayu ek yang paling kokoh di rumah.

Suara gemerisik di atas membuatnya mendongak ke atas. Sekelebat cahaya putih keperakan, tidak, perak, sebelum...

BOOM.

Rasa sakit meledak di bahunya, membuat seluruh lengannya terbakar.

Stan berlutut, sebelum ia maju ke depan, tak sadarkan diri sebelum wajahnya menyentuh ambang pintu.

SEPULUH

Alethea tiba lima belas menit lebih awal, tidak dapat menunggu lebih lama lagi di rumah tanpa mengunyah lipstiknya. Baru kemudian ia menyadari bahwa ia harus memutuskan apakah ia ingin minum anggur atau tidak sambil menunggu. Sial, ia ingin bertanya kepada para gadis itu apa yang harus ia lakukan, tetapi akan sangat buruk jika ia tiba dan mereka sedang menatap ponselnya.

Anggur akan membuatnya rileks, tetapi bagaimana jika dia terlambat dan dia menghabiskannya, jadi dia harus memesan segelas lagi? Dia tidak ingin berakhir mabuk di akhir kencan. Selain itu, biasanya lebih baik memesan sebotol untuk berbagi daripada membeli wine per gelas, tetapi bagaimana jika dia tidak minum? Atau bagaimana jika dia tidak minum wine?

Jadi, ia mengetuk-ngetukkan jari-jarinya di atas meja sambil meminum segelas air dan menunggu.

Dia seharusnya tidak datang. Dia ingin pulang. Dia seharusnya memesan makanan untuk dibawa pulang dan pergi...

Apakah dia ingin mati sendirian, dengan hanya ditemani vibrator?

Alethea hampir bisa mendengar suara Tacey yang memarahinya.

Tacey benar, tentu saja. Alethea berada di sini karena dia ingin menemukan cinta, seperti yang ada di buku-buku yang dibacanya. Begitu banyak buku yang dibacanya selama ini, sementara dia terjebak di apartemen itu sendirian.

"Permisi, saya di sini untuk makan malam dengan belahan jiwa saya? Kami sebenarnya belum pernah bertemu, tapi saya tahu dia adalah belahan jiwa saya saat melihat foto profilnya. Kami akan memiliki bayi bersama dan saya akan tinggal di rumah untuk merawat mereka, dan mengajari mereka homeschooling agar saya bisa mengajari mereka semua yang saya tahu."

Seseorang di meja sebelahnya mulai tertawa, menutupinya dengan tangannya. Dia juga bukan satu-satunya - semua orang tampak menatap pria yang sedang menceritakan rencana masa depannya kepada sang maître d'.

Kemudian dia berbalik menghadap ke arah restoran dan... itu DIA.

"Alethea!"

Dia telah menumbuhkan jenggot. Rambutnya terlihat seperti belum dicuci selama berminggu-minggu. Dia mengenakan kaos dengan gambar alien keriput hijau mengerikan yang disukai Rory di bagian depan. Dan, yang terburuk dari semuanya, dia memiliki suara yang tipis dan cempreng yang membuat Rory gelisah.

Dia bisa memaklumi hampir semua hal - jenggot, rambut, kemeja - tapi suara itu... dia tidak akan bisa mendengarkan sepatah kata pun yang diucapkannya tanpa meringis. Tanpa suara seksi, tak mungkin dia bisa mendekati tempat tidurnya malam ini. Atau tidak akan pernah.

Ponselnya berbunyi bip, dan ia pun mengeluarkannya.

Pesan dari Octavia: NIKMATI KENCAN PANAS ANDA MALAM INI. HUBUNGI DENGAN DETAILNYA BESOK.

Alethea merasa sakit. Tidak mungkin dia akan bisa melalui ini semua.

Namun, di sinilah dia, hendak mengambil tempat duduk di depannya.

"Hai," katanya terengah-engah, menatapnya seperti orang yang kehausan dan hendak meminumnya.

Empedu naik ke tenggorokannya. "Maaf, tapi kantor baru saja mengirimi saya pesan. Mereka membutuhkan saya untuk sesuatu yang mendesak. Aku harus pergi. Maaf." Dia melompat dari tempat duduknya dan langsung berlari menuju pintu.

Tidak, tidak, tidak, tidak, tidak... sampai ke rumah.

SEBELAS

Stan terbangun dalam keadaan tersedak, bukan, tenggelam, seperti saat itu Grant berpikir bahwa adalah ide yang bagus untuk mengajarinya berenang dengan melemparkannya ke sisi perahu. Air memenuhi mulutnya, tenggorokannya, menghalangi semua udara...

Tapi rasa sakit di bahunya sudah hilang. Stan menjadi rileks, tidak lagi melawan cairan tersebut sehingga cairan tersebut dapat mengalir ke saluran yang tepat ke tempat yang lebih baik dan bukannya membahayakannya.

"Anak baik," sebuah suara feminin mendengkur.

Jadi seperti itulah suaranya, karena suara itu tidak mungkin milik orang lain selain Carline. Yang kini sedang membalut luka-lukanya, apa pun itu. Tangannya sangat lembut saat dia membelai dadanya. Mengoleskan salep penyembuh, mungkin? Pasti. Dia pernah mendengar cerita konyol, di Skotlandia, tentang wanita itu sebagai penyihir, tapi dia tahu itu bohong. Mungkin dia memiliki keahlian dengan ramuan herbal, seperti yang diharapkan dari nyonya rumah, dan dia bisa mempraktekkan ramuannya pada pria itu selama yang dia suka.

Sebuah tusukan rasa sakit menusuk dadanya, tepat di antara tulang rusuknya. Ya Tuhan, tapi itu menyakitkan. Seperti ditikam di jantung, yang mana tidak mungkin, karena dia masih hidup, bernapas.

"Carline... apa... apa yang kamu lakukan?"

Itu adalah suara William Steel, bergetar dengan cara yang belum pernah didengar Stan sebelumnya. Sebuah kepuasan yang liar menyelimutinya. Jika Carline bisa menakut-nakuti kakaknya, maka itu adalah hal yang bagus.

Tusukan lain ke jantungnya, diikuti oleh tusukan ketiga, lebih dalam dari dua tusukan pertama. Hanya itu yang bisa dilakukan Stan untuk tidak berteriak.

"Ini tidak seperti yang Anda pikirkan, William. Orang-orang ini menyerang pabrik. Saya tidak punya pilihan selain menembak mereka. Mereka bersenjatakan kapak, lihat."

Stan ingin duduk agar bisa melihat juga. Beraninya orang menyerang Carline? Dia datang ke sini untuk melindunginya. Untuk melindunginya selalu. Dari pria kapak gila dan saudara laki-lakinya yang menjadi tentara bayaran dan pria lain yang berani menatapnya dengan nafsu di matanya. Dia adalah miliknya untuk dilindungi!

"Bantu aku menggali kuburan untuk mereka, William. Di sekeliling dinding pabrik."

Sungguh tempat yang aneh untuk kuburan. Bukankah orang yang sudah meninggal seharusnya berada di tempat pemakaman di luar Perth? Atau yang di Fremantle. Lagi pula, tidak semua orang bisa dimakamkan begitu dekat dengan kota. Para pemukim Peel yang bernasib naas yang meninggal di pantai di Clarence telah dikebumikan tidak jauh dari tenda mereka yang jorok. Stan dan beberapa orang kuat lainnya telah diminta untuk menggali kuburan di bukit pasir di belakang kamp, untuk menguburkan mayat-mayat itu. Dia menduga itulah alasan Peel pergi ke selatan, alih-alih membangun kota yang layak di Clarence, seperti yang dia rencanakan sebelumnya. Tidak ingin dihantui oleh hantu keluarga yang telah meninggal, yang percaya pada janji-janji yang tidak pernah ia penuhi.

"Apa yang telah kau lakukan?" William mendesis. "Ini Grant Steel, sepupu kami."

Orang-orang kapak telah membunuh Grant? Oh, tidak. Grant yang malang. Begitu penuh kehidupan. Stan tidak bisa menanggung pikiran bahwa sepupunya sudah mati.

"Dan itu Stanley Steel, sepupu saya yang lain! Carline, kamu telah membunuh keluarga!"

Tidak, dia tidak mati! Dia masih hidup, Stan ingin berteriak, tapi dia tidak bisa bergerak. Rasa lemas yang aneh menjalar ke seluruh tubuhnya, seperti habis meminum sebotol wiski terbaik dan rasa lemas itu mengalir sampai ke jari-jari kakinya.

Kecuali wiski yang akan terbakar dan ini terasa dingin. Dingin dan gelap. Hampir seperti kematian.

Stan mencoba meneriakkan protes, tapi dia terlambat. Kegelapan telah menguasainya sekarang.

Dua Belas

Keesokan paginya, Alethea menghapus aplikasi kencan dari ponselnya, sebelum menghabiskan akhir pekan untuk menulis tinjauan literatur untuk tesisnya. Ketika sepupunya mengiriminya pesan untuk menanyakan tentang kencan tersebut, ia hanya mengatakan bahwa itu hanya membuang-buang waktu.

Senin pagi, semua orang bekerja di lokasi penggalian, dan minggu itu berlalu dengan kesibukan yang luar biasa, diselingi dengan perjalanan singkat ke supermarket atau salah satu bar makan siang terdekat. Pada hari Jumat, dia memutuskan untuk kembali ke restoran yang sama dengan kencannya yang buruk itu, hanya untuk membeli makanan untuk dibawa pulang. Sejenak, dia mengira dia melihatnya, sebelum sebuah keluarga masuk ke meja mereka, menghalangi pandangannya. Ketika keluarga itu duduk, pria itu sudah tidak ada.

Dia pasti sudah membayangkannya, kata Alethea pada dirinya sendiri, sambil membayar pesanannya, berterima kasih pada pelayan, dan pergi.

Itu mungkin yang pertama kalinya, tapi jelas bukan yang terakhir. Dia mulai melihatnya di mana-mana - di supermarket, di kantin, bahkan di luar pemakaman, tetapi setiap kali dia mencoba untuk melihat lebih dekat, pria itu menghilang, atau ternyata bukan dia.

Seolah-olah pemakaman itu tidak memiliki cukup banyak hantu yang menghantui tempat itu, dia harus menciptakan hantu baru.

"Kamu baik-baik saja?" tanya atasannya, Jeremy,. "Kamu hanya terlihat... gelisah. Kamu tidak percaya cerita satpam itu, kan?"

"Cerita apa?" Dia pasti melewatkannya.

"Pagi ini ketika kami tiba, saya memergoki dia mengatakan kepada beberapa staf bahwa dia melihat seorang Skotlandia berkilt bermain bagpipe setiap malam minggu ini, namun ketika dia menghampirinya untuk memberitahunya bahwa dia tidak diizinkan berada di properti, orang Skotlandia itu menghilang begitu saja. Dia mengada-ada, saya yakin itu."

Alethea berhasil tersenyum simpul. Jadi, dia bukan satu-satunya yang melihat hantu. "Tidak, saya tidak khawatir dengan peniup seruling. Saya tidak pernah melihatnya, dan karena saya tinggal hanya beberapa jalan jauhnya, saya pasti mendengar suara bagpipe dari tempat saya. Kecuali tadi malam, dan yang saya dengar hanyalah pasangan di lantai bawah yang berteriak-teriak memperebutkan giliran membuang sampah. Saya terkejut tidak ada satu pun dari mereka yang berakhir di salah satu tempat sampah pagi ini."

"Ya Tuhan, jika tetangga seburuk itu, Anda harus pindah."

Alethea mengangkat bahu. "Saya menjaga rumah orang tua saya, sementara mereka berada di luar negeri, jadi saya tidak bisa. Lagipula, mereka tidak bertengkar setiap malam. Hanya malam saja. Gratis, dan dekat dengan tempat kerja. Dulu saya tinggal di rumah bersama dengan beberapa sepupu saya. Mereka lebih berisik, dan saya rasa saya sudah terbiasa dengan hal itu."

Dia mungkin harus menelepon mereka, jika hanya untuk memberi tahu mereka apa yang sebenarnya terjadi pada kencannya. Dia telah menerima pesan-pesan yang membuat dia semakin penasaran dari para gadis itu sepanjang minggu.

Pada akhir pekan, dia berjanji pada dirinya sendiri. Terlalu banyak pekerjaan yang harus dilakukan sebelum itu.

Tiga Belas

Ketika hari Jumat akhirnya tiba, Alethea merasa lelah. Dia pernah melakukan penggalian besar-besaran di masa lalu, tapi tidak pernah yang berlangsung selama ini. Mereka telah menggali selama berbulan-bulan, dan masih ada separuh situs yang harus mereka tutupi.

"Ada satu lagi yang kosong di sini!" seseorang memanggil.

"Satu lagi? Itu berarti tiga kuburan kosong minggu ini," gerutu Jeremy. Dia telah bekerja bersama mereka sepanjang minggu, alih-alih tinggal di kantor dan berbicara dengan klien. Pasti ada tekanan pada dirinya untuk menyelesaikan pekerjaan ini. "Jika saya tidak tahu lebih baik, saya akan bertanya-tanya apakah ada sesuatu di dalam tanah yang membuat mereka bangun dan pergi. Seperti sesuatu yang ada di film zombie. Atau vampir, mungkin."

"Zombi dan vampir tidak lebih nyata daripada hantu," kata Alethea. "Atau alien." Yang lebih disayangkan lagi, karena yang ada di dalam buku-bukunya jauh lebih seksi daripada pria manusia yang pernah ia temui.

"Jadi Anda tidak percaya pada zombie Fremantle? Atau Manusia Ngengat?"

"Saya tahu pasti bahwa video Moth Man yang viral itu direkam oleh seorang mahasiswa media di kafe sepupu saya. Benar-benar tipuan." Tacey akan membunuhnya karena mengatakan hal itu, tapi Jeremy tidak akan pergi ke kafe Tacey untuk minum kopi dengan menu tambahan berburu monster.

"Dan zombienya?"

Dia mengangkat bahu. "Saya tidak pernah mendengar tentang zombie."

"Itu terjadi sebelum adanya Manusia Ngengat. Seseorang menggali kuburan di bawah oval perguruan tinggi seni di Fremantle. Mungkin hanya lelucon anak SMA, tapi artikel surat kabar mengatakan bahwa kuburan itu kosong. Seperti mayatnya baru saja bangkit dan pergi."

"Ada kuburan di bawah lapangan oval sekolah? Serius?"

"Nah, yang satu ini berada di bawah lapangan tenis sekolah. Apakah itu akan mengejutkan Anda?"

Alethia harus mengakui bahwa hal itu tidak akan terjadi. "Ya, tapi... ugh. Mereka seharusnya memindahkan mayat-mayat itu, seperti yang kita lakukan di sini."

"Selama kita tidak menemukan zombie, tidak apa-apa." Jeremy bangkit berdiri. "Aku mau membuat kopi. Kau mau?"

Dia berpikir sejenak, lalu berkata, "Tidak, saya ingin menyelesaikan yang satu ini sebelum makan siang."

Sekarang pria itu sudah pergi, dia bisa mendengarkan buku audionya lagi. Hari berjalan lebih cepat dengan cara itu. Dia mengibaskannya dari jeda ke play dan kembali bekerja.

Potongan-potongan peti mati muncul pertama kali di bawah kuasnya, potongan-potongan kayu yang telah hancur menjadi jutaan keping karena waktu dan beratnya aspal yang telah berada di atasnya begitu lama. Ia berhenti sejenak untuk mengambil beberapa foto untuk arsip, sebelum ia mulai memungut potongan-potongan itu dan memasukkannya ke dalam sebuah kotak.

Kemudian dia mendengar denting logam. Oh, ada plakat peti mati, sempurna. Makam ini adalah milik Mary Craig, yang ....Alethea mengambil waktu sejenak untuk mengurangi tanggal. Mary baru berusia delapan tahun saat meninggal, kasihan sekali. Itu berarti dia harus sangat berhati-hati dengan kuburan ini, karena tulang-tulangnya akan lebih kecil dan lebih rapuh daripada kebanyakan kuburan orang dewasa. Jika ada tulang yang tersisa sama sekali.

Lebih banyak foto, sebelum ia dengan hati-hati mengangkat plakat peti mati ke dalam kotak dan mulai menyikat tanah lagi. Tunggu, ada sesuatu yang berwarna putih. Bisa jadi...

Alethea berteriak dan melompat ke belakang.

Jeremy datang berlari mendekat. "Ada apa?"

"Ini... matanya terbuka..." Alethea tersentak kaget.

Semua orang berkumpul di dekatnya, mengintip ke dalam kuburan untuk melihatnya sendiri. Ya, ada wajah seorang gadis di sana, menatap mereka dengan mata biru yang menakutkan. Seperti semacam...

"Itu boneka. Boneka porselen," kata seseorang.

Sebuah boneka? Hanya sebuah boneka? Alethia hampir tertawa lega. Dan di sini dia mengira dia telah menatap mata Mary Craig, bukannya boneka gadis itu.

Satu jam bekerja dengan hati-hati dengan kuasnya dan semua orang dapat melihat kebenarannya - bahwa orang tua Mary Craig kecil telah menguburkannya bersama bonekanya. Boneka yang sangat nyata yang hampir saja membuat Alethia terkena serangan jantung.

"Kamu mungkin harus pulang lebih awal hari ini. Liburlah sore hari," Alethia mendengar Jeremy berkata. "Biar orang lain saja yang menyelesaikan kuburan ini."

Dengan ragu-ragu, dia mengangguk. Ia melepaskan sarung tangannya dan menuju kantor lokasi sementara, di mana ia dapat menyimpan perlengkapannya sebelum pulang.

"Alethia, tunggu!"

Dia berhenti sejenak dan berbalik.

"Saya perlu berbicara dengan Anda. Saya yakin kita adalah jodoh, ditakdirkan untuk memiliki anak bersama."

Anak-anak. Oh Tuhan, dia sama sekali tidak ingin berhubungan dengan anak-anak sekarang. Hanya bayangan mata biru itu yang terbuka...

Alethia menggelengkan kepalanya dan berlari. Dia tidak berhenti sampai dia mengunci pintu apartemen di belakangnya, ketika dia menyandarkan punggungnya ke dinding dan meluncur ke bawah sampai pantatnya menyentuh lantai.

Saat itulah dia menyadari bahwa dia tidak hanya melihatnya, tetapi juga mendengarnya. Di luar tempat kerjanya, di semua tempat. Itu berarti dia tahu di mana dia bekerja, dan jika dia mengikutinya, dia mungkin sekarang tahu di mana dia tinggal juga, jika dia belum mengetahuinya.

Luar biasa. Pertama anak-anak mayat hidup, dan sekarang dia memiliki penguntit.

Hidupnya benar-benar berantakan saat ini.

Empat Belas

"Alethea? Oh, hei!"

Hanya dengan mendengar suara Tacey, ia merasa sedikit lebih baik tentang segalanya.

"Sebentar, saya akan menyambungkannya ke speaker agar saya tidak perlu mengulangi semuanya untuk Callie."

Sayang sekali jika Alethea ingin berbicara dengan Tacey secara pribadi. Bukan berarti dia bisa mengingat kapan terakhir kali dia melakukan itu. Tidak ada rahasia di Bell House. Setidaknya, tidak dari gadis-gadis lain yang tinggal di sana, meskipun mereka menyimpan rahasia dari dunia luar.

"Benar. Callie baru saja membeli minuman, tapi dia ingin tahu berapa banyak kondom yang Anda gunakan saat kencan kemarin, dan apakah Anda ingat untuk membeli yang bagus."

Alethea memejamkan matanya. Ya, itu adalah Callie yang baik-baik saja. "Aku tidak menggunakannya. Aku masih punya satu kotak penuh."

"Apa? Dia sebagus itu sehingga Anda ingin memiliki bayinya?" Callie menjerit dari suatu tempat di latar belakang.

"Tidak. Tidak ada hubungan seks, aman atau tidak. Aku pergi lebih awal."

"Oh sial. Apa yang dia lakukan?" Tacey bertanya. "Katakan padaku makan malamnya enak, setidaknya."

Alethia menelan ludah. "Saya sudah pergi sebelum kami memesan."

"Apakah dia berbau tidak sedap?"

"Apakah dia brengsek?"

Alethia menghela napas. "Dia terdengar seperti Justin Bieber."

Tawa histeris terdengar di ujung telepon.

Tacey pulih lebih dulu. "Anda tahu, mungkin ada banyak gadis di luar sana yang akan menganggap hal itu menarik."

"Ya, tapi dia menginginkan pria dengan suara seperti operator telepon seks. Semua dalam dan serius dan... apa yang Anda katakan saat Octavia ada di sini? Bahwa dia harus memiliki suara yang bisa membawa Anda setengah jalan ke surga? Lebih mirip seperti sangat seksi sehingga dia bisa membujukmu untuk menjadi gundiknya di neraka!" Callie larut dalam tawa lagi.

"Jadi bagaimana jika saya menyukai suara yang gelap dan seksi? Itu adalah satu hal yang tidak akan saya kompromikan. Masalahnya dengan pria ini bukan hanya suaranya. Melainkan apa yang dia katakan."

"Apa yang dia katakan?" Tacey bertanya.

"Dia bilang saya adalah belahan jiwanya dan dia berbicara tentang memiliki anak." Seperti Mary Craig kecil yang malang.

"Yah, itu... tidak terlalu buruk, kurasa. Setidaknya dia tidak takut dengan komitmen." Tacey tidak terdengar seperti dia mempercayainya.

"Tidak terlalu buruk jika saya tertarik, tetapi saya pergi. Sekarang saya melihatnya ke mana pun saya pergi. Dia bahkan muncul di luar lokasi penggalian tempat saya bekerja!"

"Tunggu... sekarang Justin Bieber menguntit Anda? Aku sangat ingin mengutuknya!" Kata Callie.

"Dia bukan Justin Bieber. Dia hanya terdengar seperti dia. Dan kamu tidak bisa mengutuknya." Sebagian besar karena kutukan itu tidak benar-benar ada, tidak peduli berapa kali Callie mengancam orang dengan kutukan itu. Oh, dia memiliki koleksi buku-buku tua tentang sihir yang mengatakan bagaimana cara merapal kutukan, tapi Callie biasanya adalah orang pertama yang mengakui bahwa sihir itu tidak ada. Kecuali saat dia mengancam akan mengutuk seseorang, tentu saja.

"Jika itu membuat penguntit Anda takut, tentu saja saya bisa. Yang harus saya lakukan adalah membuatnya percaya bahwa saya bisa, dan dia akan lari jauh dan cepat. Ingat pria posesif yang pernah saya kencani, yang mengira kami akan berpacaran selamanya padahal dia hanya satu malam? Dia percaya bahwa saya telah memberinya ruam yang mengerikan dan tidak dapat disembuhkan."

"Apakah itu yang Anda taruh cabai rawit di celana dalamnya?" Tacey bertanya.

"Penyihir yang baik tidak pernah mengungkapkan ramuannya, tapi itu mungkin salah satunya," kata Callie dengan angkuh.

"Sepertinya itu satu-satunya bahan," gumam Tacey.

"Hei, kamu tidak boleh bicara. Bisnis di kafemu berkembang pesat karena tipuan Moth Man yang telah membuat kehidupan kerjaku seperti di neraka! Tahukah Anda berapa banyak profesor teologi yang percaya bahwa makhluk itu tidak hanya ada, tapi juga merupakan jenis setan yang belum ditemukan, dan jika mereka bisa menulis cukup banyak makalah tentangnya, mereka akan memiliki cukup dana untuk menemani mereka sampai pensiun?"

Bahkan pertengkaran Tacey dan Callie pun membantu mengangkat semangat Alethia. "Saya berharap kalian ada di sini."

"Yah, kita harus begitu. Aku tahu! Malam perempuan berikutnya, kita semua bisa datang ke rumahmu. Kita lihat saja nanti... Ibu ingin mengajak Rory menginap beberapa minggu lagi, dan Octavia juga akan kembali."

"Di mana Octavia?" Alethia bertanya.

"Melakukan pekerjaan dukungan TI yang terbang ke utara di beberapa lokasi tambang. Dia berangkat pagi ini. Segera setelah dia kembali, kami akan datang ke tempatmu, dan di antara kami berempat, kami akan menemukan cara untuk menakut-nakuti penguntitmu untuk selamanya, oke?"

"Oke." Alethia hampir tidak bisa menolak. Lagipula, sudah lama sekali mereka tidak melakukan malam perempuan, dengan segala larangannya. Dia hanya harus bertahan sampai saat itu tiba.

Lima Belas

Ketika para gadis itu tiba di apartemen Alethea, ia hanya bisa berdiri di ambang pintu, menatap. "Apakah kita akan berdansa?" tanyanya, bingung. Kafe dan restoran mungkin buka, tapi klub malam tidak.

Tacey memutar matanya. "Oh, aku akan membiarkan Callie yang menjelaskannya. Terutama karena kamu juga harus berdandan. Aku belum pernah memakai celana ini sejak sebelum Rory lahir. Aku heran celana ini masih muat."

"Tidak," kata Octavia sambil mendorong adiknya untuk masuk ke dalam apartemen. "Kamu menghabiskan seluruh waktumu untuk memasak di kafe, jadi hampir setiap hari kamu lupa makan. Setelah makan makanan kamp selama beberapa minggu terakhir, aku heran aku tidak naik satu ukuran pun." Ia mengacak-acak rambutnya, dan Alethea menyadari bahwa ia telah mengubah warna rambutnya lagi - kini ada garis-garis hijau warna-warni yang membelah warna hitam pekat.

"Ya, ya, kalian berdua akan berubah menjadi paus," kata Callie. "Hal berikutnya yang kamu tahu, kulkas akan penuh dengan krill." Dia mengedipkan mata ke arah Alethia saat dia masuk ke dalam. "Kamu mungkin harus berganti pakaian. Pikirkan pakaian yang hangat, tapi gelap dan seksi."

Hangat, gelap dan seksi adalah apa yang dia inginkan, dan malah mendapatkan seorang penguntit, Alethia menggerutu dalam hati sambil menutup pintu di belakang Tacey.

Para gadis mengatur diri mereka di sekitar ruang tunggu sementara Alethia mencari-cari pakaiannya untuk mencari yang cocok. Dia tidak memiliki celana kulit seperti Octavia atau Tacey, atau celana yang lebih banyak potongan daripada kain, seperti milik Callie, tetapi dia memiliki celana jeans hitam ketat yang bertali di bagian samping. Dia memadukannya dengan atasan keperakan tembus pandang di atas bra hitam berenda yang praktis meminta untuk dilihat.

Ketika Alethea kembali ke ruang tunggu, Callie mengangkat gelas padanya. "Sekarang jika Anda tidak terlihat seperti paket umpan setan yang sempurna, saya akan menawarkan diri saya sendiri sebagai gantinya."

"Tunggu... apa?" Alethea tergagap. Dia tidak mungkin serius.

"Katakan padanya, Callie," kata Tacey dengan lelah. Ia menyodorkan sebuah gelas kepada Alethea. "Minumlah dulu. Kamu akan membutuhkannya."

Alethea meneguknya, lalu hampir tersedak. Itu pasti vodka murni, dan vodka yang kuat. "Ada apa dengan mixer?" serunya.

Callie terkikik. "Kamu ternyata tidak membeli banyak di toko minuman keras akhir-akhir ini. Ada batasan berapa banyak yang bisa kamu beli. Satu karton atau dua botol. Dan tidak ada setan yang menghargai diri sendiri yang akan mendekati campuran markisa, jadi aku membeli vodka. Saya ingin ini memiliki kesempatan terbaik untuk bekerja, Anda tahu..."

Tacey melambaikan tangannya, mengisyaratkan Callie untuk melanjutkan.

"Oke, saya menemukan sebuah buku mantra yang mungkin asli atau mungkin tidak. Aku yakin salah satu mantranya mungkin benar-benar berhasil dan jika ada waktu untuk mengujinya, saat itulah kita benar-benar membutuhkan bantuan. Rencananya adalah untuk memanggil pelindung iblis, yang akan tetap tinggal untuk menakut-nakuti penguntit Anda selama Anda membutuhkannya, dan kemudian Anda mengirimnya kembali ke neraka. Iblis, maksud saya."

Alethea membuka mulutnya untuk menolak. Ini adalah ide yang buruk.

Namun Callie mengeluarkan setumpuk kertas dari saku mantelnya dan mulai membagikannya. "Saya telah menerjemahkan mantranya sebaik mungkin dan mencetak salinannya untuk kita semua. Secara tradisional, ini dilakukan oleh seorang penyihir yang sangat kuat, tetapi di buku itu juga tertulis bahwa kelompok yang terdiri dari empat wanita atau lebih - ya, di sana tertulis wanita, bukan penyihir - akan memiliki kekuatan gabungan untuk melakukan mantra, dengan bahan-bahan yang tepat." Dia meletakkan sebuah kotak pendingin kecil di atas meja kopi. "Sekarang, secara tradisional, ritual ini dilakukan tanpa busana, yang berarti telanjang, tapi saya pikir karena ini musim dingin dan kami mencoba memanggil setan, berpakaian seksi dan menunjukkan sedikit kulit sudah cukup."

Tacey meletakkan gelasnya yang kosong di atas meja kopi, di samping lemari pendingin. "Saya masih sulit percaya bahwa Anda menemukan mantra yang berhasil. Kamu selalu menjadi orang pertama yang mengatakan bahwa sihir itu tidak ada."

Callie mengembuskan napas. "Aku tahu. Sihir itu tidak ada, atau aku tidak berpikir sihir itu ada, tapi aku baru saja berbicara dengan seseorang yang membuatku percaya bahwa sihir itu mungkin ada. Mungkin."

Mata Tacey menyipit. "Apa itu yang kamu bicarakan dengan Ben? Serius, Callie, dia seorang seniman fantasi. Dia kebanyakan melukis potret saat dia menjadi seniman yang tinggal di kafe, tapi aku menugaskannya untuk membuat serangkaian kartun di mana Manusia Ngengat datang untuk minum kopi atau membuat muffin atau ... dia bahkan menyuruhnya mencuci piring karena dia lupa membawa dompet dan hanya dengan cara itu dia bisa membayar kopinya." Dia menggelengkan kepalanya. "Jika dia menggambar setan, dia mengarangnya. Sama seperti Manusia Ngengat, setan itu tidak ada. Tanyakan pada Rochelle. Dia akan menunjukkan video yang belum diedit."

The Shut Up Café kedatangan seorang seniman? Wow, Alethea merindukan semua hal yang menyenangkan. "Saya harus datang ke kafe, dan melihat apakah dia bisa menggambar saya sebagai peri atau naga atau semacamnya."

"Dia hanya bekerja di malam hari, tapi tentu saja, datanglah kapan pun Anda mau. Saya harus memperingatkan Anda, dia menyukai Rochelle, jadi dia sudah tertarik," kata Tacey.

Callie tertawa. "Sayang sekali, karena pria itu pasti lambang penis yang baik, jika Anda melihat Rochelle di pagi hari. Kamu bisa tahu kapan dia menghabiskan malam bersamanya, karena dia terlihat bersinar dengan getaran seks terbaik di pagi hari." Ketika dia mendapati gadis-gadis lain menatapnya, dia mengangkat bahu. "Apa? Setidaknya ada yang memperhatikan."

Alethea menatap halaman yang tercetak di tangannya. "Kita harus menemukan tanah yang disucikan, di bawah cahaya bulan, lalu meletakkan jantung yang masih basah dengan darah kerabat kita dalam lingkaran garam dan lilin serta rune, lalu mengucapkan kata-kata yang tepat untuk memanggil iblis, yang kemudian akan memakan jantung itu. Um, sama sekali tidak mungkin aku akan membiarkanmu membunuh seseorang untuk merapal mantra yang mungkin tidak akan berhasil hanya untuk menakut-nakuti penguntitku!"

Callie menyeringai. "Tenang, aku tidak perlu membunuh siapa pun untuk itu. Salah satu teknisi laboratorium di Fakultas Kedokteran berhutang budi padaku, jadi kupikir sudah waktunya untuk menagihnya." Dia membuka lemari pendingin dengan gemetar.

Oh, ew.

"Callie, kamu tidak melakukannya!"

"Apakah itu benar-benar...?"

"Ini adalah jantung babi. Tahun-tahun pertama membedahnya, dan rumah jagal mengirimkannya dalam satu ember. Sisa babi lainnya mungkin sudah diolah menjadi sosis dan steak, jadi kami tidak perlu membuang tubuh atau apa pun."

Alethea tidak yakin seberapa besar peningkatannya. Ukurannya lebih besar dari kepalan tangannya dan semuanya berlumuran darah...

"Ya, tapi bahkan setan pun tidak akan percaya bahwa babi itu adalah anggota keluargamu," kata Octavia.

Callie meringis. "Uh, ya, tidak ada cara lain untuk mengatasi bagian itu. Jadi, saya membawa beberapa jarum suntik mikro - yang steril - jadi kami bisa menusuk jari masing-masing dan meneteskan beberapa tetes darah ke jantung. Kami semua adalah keluarga, jadi itu adalah darah sanak saudara, dan tidak ada yang harus mati." Dia melihat sekeliling. "Ayo, satu tusukan cepat dan selesai. Lebih baik jika kita melakukannya di sini, jadi kita bisa membersihkan diri dan memasang perban dan sebagainya, karena masih ada garamnya, dan aku punya sebotol darah babi untuk rune. Kami hanya perlu menemukan tanah yang disucikan. Saya berpikir mungkin di luar katedra l..."

"Pemakaman. Itu semua adalah tanah yang disucikan, dengan gereja dan segalanya," kata Alethea.

Callie menyeringai. "Itu baru namanya semangat! Seberapa jauh itu?"

"Hanya sedikit jalan ke bawah, tetapi pemakaman utama semuanya dipagari, dan pintu gerbangnya terkunci. Lebih baik kita pergi ke lokasi penggalian. Itu masih bagian dari pemakaman, tapi saya tahu kode keamanan untuk kuncinya, dan tanahnya sudah dibersihkan, jadi akan jauh lebih mudah untuk melakukannya di atas pasir kosong, dan hanya menyapu bersih barang bukti setelahnya." Oh sial, dia akan melakukan ini, bukan? Jika dia sudah merencanakannya...

"Jika kita akan melakukan ini, saya memilih untuk makan malam setelahnya, karena tidak mungkin saya akan bisa menahan diri jika Anda mengharapkan saya untuk melukis dengan darah sungguhan," kata Tacey.

Yang lain setuju, jadi Callie mengangkat tangannya. "Baiklah, jadi begini rencananya. Kita pergi ke kuburan, melakukan ritual pemanggilan, memberi waktu pada iblis itu untuk sampai ke sini jika dia datang, dan jika tidak... yah, kita akan tahu pasti bahwa sihir dan iblis itu tidak ada, dan kita bisa kembali ke sini dan makan pizza serta menghabiskan sisa vodka, sementara kita menonton

Sam dan Dean berburu monster dan semacamnya, karena melihat bokong Jensen Ackles selalu membuat suasana hatiku lebih baik."

"Bagaimana jika penguntit Alethea muncul?" Octavia bertanya.

Seringai Callie terlihat sangat gelap. "Lalu kami mengancam untuk menjadikannya bagian dari ritual, dan menakut-nakuti dia."

Alethea mengambil botol itu dan menenggak vodka dalam jumlah besar. Mungkin jika ia minum cukup banyak, ia bisa meyakinkan dirinya sendiri bahwa ini adalah ide yang bagus.

Enam Belas

Alethea mengarahkan mereka ke tempat di mana mereka telah selesai menggali, di samping tumpukan barang rampasan di mana mereka dapat meninggalkan puing-puing dari ritual konyol mereka dan tidak ada yang akan menjadi lebih bijaksana, pada hari Senin pagi. Mungkin mereka akan sangat beruntung dan hujan akan turun selama akhir pekan, membasuh semua bukti. Namun, mereka harus mengubur jantungnya, karena meninggalkan bagian tubuh di sekitar pemakaman bukanlah hal yang benar.

Seluruhnya tampak seperti sebuah target besar yang mistis, atau seharusnya begitu, jika Anda terbang di atasnya. Apakah setan bisa terbang? Dia pernah melihat foto-foto mereka dengan dan tanpa sayap, dan Callie tidak mengatakan iblis seperti apa yang seharusnya mereka panggil. Seharusnya jenis pelindung, tapi itu tidak masuk akal, karena dari semua cerita yang pernah dia dengar, iblis pasti jahat.

Mungkin jika dia hanya menyuruh penguntitnya untuk pergi cukup sering, dia akan meninggalkannya sendirian. Lupakan semua omong kosong tentang jodoh. Belum lagi bayi...

Alethia bergidik. Dia pernah membantu Rory, tapi dia tidak ingin menjadi ibu muda seperti Tacey. Dalam lima atau sepuluh tahun, mungkin. Jika ada pilihan antara hamil dan menunda gelar PhD-nya, atau memanggil setan... dia akan memilih setan, setiap saat. Sebagian besar karena setan tidak ada dan akan ada pizza dengan gadis-gadis setelahnya, tentu saja, tapi...

"Benar. Sekarang kita harus mengucapkan mantranya. Anda harus benar-benar eksplisit. Seperti: Iblis, kami memanggilmu untuk masuk ke dalam lingkaran ini, agar kamu dapat membantu melindungi kami. Mantra aslinya adalah mantra tunggal - saya memerintahkan Anda untuk melindungi saya - tetapi karena kita semua melakukan ini, kita membutuhkan kesatuan. Kata-katanya tidak sepenting niatnya, dan Anda harus tegas. Karena jika Anda memanggil dan tidak memiliki kendali atasnya... hal-hal buruk akan terjadi."

Mereka pasti jahat sehingga Callie tidak menggambarkannya dengan detail yang mengerikan. Tapi setan tidak ada, jadi tidak ada hal buruk yang akan terjadi. Setidaknya, itulah yang Alethea katakan pada dirinya sendiri.

"Oke, sekarang kita semua harus berdiri mengelilingi lingkaran, berpegangan tangan, dan terus mengulangi mantera sampai sesuatu terjadi," kata Callie.

Tangan Callie terasa panas dan berkeringat, tetapi tangan Octavia terasa dingin seperti es. Di seberang lingkaran, Tacey tampak bertekad. Jika iblis benar-benar muncul dan mengancam mereka, Alethea tidak menyukai peluangnya melawan Tacey. Tidak ada yang boleh menyakiti keluarganya.

"Kami memanggilmu, iblis..."

"...masuk ke dalam lingkaran..."

"... membantu melindungi kami..."

"Kami memanggil Anda!"

"... membantu melindungi kami..."

Berputar-putar, suara-suara yang bercampur menjadi suara yang kabur, seperti salah satu lagu round robin yang pernah Anda dengar di sekolah dasar. Hanya saja, ini bukan tentang kookaburra yang sedang tertawa di atas pohon. Ini gelap dan serius dan ada semacam kekuatan yang bersenandung di antara tangan mereka yang bergandengan, di dalam lingkaran. Alethea bisa merasakannya, menggetarkan tulang-tulangnya. Dia ingin berhenti, tapi tidak bisa. Dia harus terus bernyanyi. Harus menyelesaikan ini, apa pun itu, karena jika mereka tidak melakukan mantra ini dengan benar, tidak ada yang tahu apa yang akan terjadi.

Apakah itu kepakan sayap yang didengarnya? Sayap besar, seperti kelelawar di Broome?

Tidak, itu hanya penghalang debu di pagar, yang berkibar tertiup angin malam.

Kemudian terdengar bunyi bip tanda seseorang membuka kotak kunci dengan kunci di dalamnya.

Alethea melepaskan tangan teman-temannya. "Itu penjaga keamanan. Cepat, singkirkan semua ini, sementara aku memikirkan sesuatu untuk dikatakan padanya."

Lilin-lilin itu kembali masuk ke dalam kotak, masih sedikit berasap, saat Alethea menendang-nendang pasir di atas garam dan darah.

Oh, sial, jantungnya...

Alethea dan Callie melakukan hal yang sama, hanya saja Alethea tersandung kaki Callie dan terjatuh. Dia merasa ada sesuatu yang salah dan beberapa saat kemudian, rasa sakit menjalar di kakinya.

Pada saat dia bisa melihat lagi, jantungnya sudah tidak ada, dan Callie membersihkan tangannya.

"Baiklah, ayo pergi," kata Tacey. "Melewati pagar, sebelum petugas keamanan masuk."

"Tidak bisa," kata Alethea. "Pergelangan kaki saya terkilir."

"Apa yang harus kita lakukan?" Callie bertanya.

"Kalian bertiga lewati pagar, dan saya akan mengalihkan perhatiannya, dengan meminta bantuan. Saya satu-satunya yang benar-benar berwenang untuk berada di sini. Saya akan... mengatakan kepadanya bahwa saya lupa sesuatu, dan kembali untuk mengambilnya, lalu tersandung dan pergelangan kaki saya terkilir dalam kegelapan.

Dia harus menolongku, yang akan memberimu waktu untuk... ah, aku hanya punya satu kunci, dan aku tidak bisa memberikannya padamu, atau akan terlihat mencurigakan. Um... pergi ke mobil. Aku akan mengirim pesan kalau aku sudah sampai di rumah dengan selamat." Pintu gerbang sudah berayun terbuka. "GO!"

Yang lain berlari ke dalam kegelapan, sementara Alethea hanya bisa mengerang. Gerakan sekecil apa pun terasa sakit sekali. Ini lebih buruk daripada saat pergelangan kakinya terkilir saat bermain hoki di sekolah, dan harus ditandu keluar lapangan.

"Tolong," kata Alethea, suaranya terdengar gatal karena semua nyanyian itu. Mantra bodoh. Dia berdeham. "Seseorang, tolong bantu saya. Aku terjatuh dan pergelangan kakiku terkilir dan aku butuh pertolongan!"

"Saya akan membantu Anda, Nona."

Suara yang paling menakjubkan, begitu dalam dan gelap dan dicelupkan ke dalam aksen Skotlandia yang khas...itu mengubah isi hatinya menjadi cair. Jika pria di aplikasi kencan itu bersuara seperti ini...kosakatanya akan berkurang menjadi satu kata yang terengah-engah.

"Ya."

Lengan hangat memeluknya, mengangkatnya ke atas, dan Alethea menghela napas lega.

Tujuh Belas

TOLONG.

Satu kata yang bergema di kepala Stanley seperti sebuah lonceng.

Harus melindunginya.

Dia berjuang melalui jalinan tubuh, mencakar-cakar untuk mencapai permukaan. Namun, ketika dia naik ke udara, dia tidak sendirian.

Iblis. Iblis besar, bertanduk, dan bersayap, terbang bahu-membahu bersamanya seperti tentara yang berbaris ke medan perang. Saudara seperjuangan.

Sampai dia melihatnya.

Sekelebat rambut pirang keperakan, terhampar di tanah, karena ia terjatuh.

TOLONG.

Suara itu adalah miliknya.

"Milikku," geramnya, menukik untuk mengambilnya.

Delapan Belas

Rasa sakit mengaburkan penglihatan Alethia, tetapi tidak menumpulkan pendengarannya. Penghalang debu itu kembali berkibar tertiup angin, seperti sayap, dan angin malam yang dingin membelai wajahnya, membuatnya tetap sadar, tapi hanya sedikit. Dia mungkin seharusnya tidak minum begitu banyak vodka, tapi bagaimana lagi dia bisa tetap hangat di musim dingin ketika dia hanya mengenakan atasan minim? Dan celana, tentu saja. Tak mungkin pergi ke kuburan tanpa celana. Bayangkan semua mayat, melihat ke atas rok Anda saat Anda lewat. Mereka akan melihat dengan seksama.

Seperti boneka bermata biru yang membuatnya takut. Empedu naik ke tenggorokannya saat mengingat kenangan itu.

"Tunggu, hentikan, saya akan sakit," gumamnya kepada pria yang menggendongnya. "Turunkan aku, cepat!"

Dia membantunya berdiri, tetapi pergelangan kakinya tidak dapat menahannya, mengirimkan rasa sakit yang menusuk ke seluruh kakinya saat dia jatuh berlutut.

Tidak akan pernah minum vodka lagi, pikirnya dalam hati sambil memuntahkan sebagian besar vodka ke kaki pria malang itu.

Tunggu... mengapa mereka berada di atas beton? Bagaimana mereka bisa berada di ... atap?

"Harus turun. Harus pulang," katanya pada kakinya. Dan itu adalah kakinya, bukan sepatunya. Satpam macam apa yang pergi bekerja tanpa sepatu?

Dia membiarkan pandangannya melayang ke atas.

Atau... celana... atau pakaian apa saja... dan apakah itu... sayap?

Sekarang dia tahu dia telah meminum terlalu banyak vodka. Karena mantranya tidak mungkin berhasil. Dia tidak mungkin menatap paket yang mengesankan dari pelindung iblis pribadinya.

"Siapa kamu?"

"Aku adalah pelindung iblismu, atas perintahmu, Nona," katanya dalam Suara Itu.

"Tolong angkat saya dari tanah, eh, atap, tolong, pelindung iblis," katanya.

Dalam sekejap, dia sudah berada dalam pelukannya lagi. Di atas dada yang keras dengan otot-otot di sekujur tubuhnya dan sayap. Dia benar-benar memiliki sayap.

"Tolong antar saya pulang," katanya.

"Di mana rumah Anda, Nona?"

Oh, Tuhan, dia ingin dia menggunakan suara itu di telinganya, sementara dia melakukan hal-hal yang sangat buruk padanya. Dan mungkin beberapa hal baik juga. Segala macam hal.

Mungkin yang terbaik adalah melakukannya di rumah. Bukan di atap sembarangan.

"Di mana rumah Anda, Nona?" tanyanya lagi.

Iblis tidak dikenal karena kesabarannya. Dia harus mengumpulkan akalnya, dan cepat. Dia mengintip ke bawah. "Eh, itu balkonku, di sana." Dia menunjuk.

Dalam beberapa kepakan sayap, Mr Hot and Hard with Horns mendudukkan mereka berdua di balkon rumah orangtuanya, nyaris melewatkan meja dan kursi berenda dari besi tempa. Hanya pintu untuk masuk ke dalam yang tidak mau terbuka. Terkunci.

"Oh, tunggu, saya punya kunci untuk yang satu ini." Ia meraba-raba di dalam sakunya untuk mencari kunci tersebut, kemudian meraba-raba kunci itu lebih lama lagi.

Iblis itu menghela napas. Dia mendudukkannya di salah satu kursi, mengambil kunci yang dia jatuhkan di antara dua cakarnya yang halus, dan membuka pintu beberapa saat kemudian.

Kemudian dia berada dalam pelukannya lagi. Bagaimana dia bisa memasukkan sayap besar itu melalui pintu geser, dia tidak tahu, tetapi entah bagaimana dia melakukannya, karena dia berdiri di ruang santai orangtuanya, menjulang tinggi di atas perabotan.

"Haruskah saya menurunkan Anda sekarang, Nona?"

Tidak. Tidak pernah.

Dia benar-benar berharap dia tidak mengatakannya dengan lantang.

Ya Tuhan, sulit untuk berpikir. Antara setan panas dan vodka yang masih berputar-putar di otaknya dan betapa sakitnya pergelangan kakiny a...

Sakit. Ada pil untuk itu.

"Bawa saya ke kamar mandi."

Dia membungkuk agar wanita itu dapat mengambil obat pereda nyeri dari lemari, dan secangkir air untuk membasuhnya. Kemudian tiga gelas lagi, untuk membuang empedu dan memastikan dia tidak akan mabuk. Setelah itu, hanya ada satu tempat yang ingin ia tuju.

"Tolong bawa aku ke tempat tidur, pelindung iblis."

Dan dia melakukannya.

Sembilan Belas

Stan membaringkannya di tempat tidur. Dia berbaring diam sejenak, sebelum dia mulai meronta-ronta, seperti ikan yang baru saja ditangkap. Terlambat, ia menyadari bahwa wanita itu sedang berusaha membuka bajunya yang sangat kecil.

"Saya akan membuatkan Anda teh," gumamnya sambil bergegas keluar ruangan.

Dia tahu bahwa dia telah menemukan dapur, karena ada piring dan gelas di wastafel, dan lebih banyak lagi di lemari di atasnya, tapi tidak seperti dapur yang pernah dia lihat sebelumnya. Untuk merebus air, ia harus menyalakan kompor, tapi di bawah kompor hanya ada lemari yang penuh dengan panci - tidak ada tempat untuk menyalakan api. Juga tidak ada kayu atau batu bara untuk dibakar.

Ada sebuah ketel, tetapi ketel itu terletak di atas bangku, tertambat di dinding, di samping kaleng teh yang berisi kantong kertas, bukan daun teh.

Dia tidak bisa membuat teh.

Tapi dia harus membuatkan teh untuk Carline, karena itu adalah hal yang beradab untuk dilakukan, dan jika dia tidak melakukan hal yang benar, Carline mungkin tidak akan setuju untuk menjadi istrinya dan itulah sebabnya dia mencul iknya...

Dia hanya perlu menemuinya dan mengakui bahwa dia tidak tahu cara membuat teh di dapurnya yang aneh. Tentunya dia akan memberikan pujian kepadanya karena ingin melakukan hal yang benar?

Dia berjalan dengan susah payah kembali ke kamar tidurnya, hanya untuk menemukannya meringkuk di bawah selimut, tertidur lelap.

Jadi dia tidak akan membutuhkan teh dalam waktu dekat.

Dia duduk di kursi di bawah jendela dan menatapnya. Dia belum pernah melihat wanita itu sedekat ini sebelumnya, dan wanita itu lebih cantik dari yang dia ingat. Suaranya juga lebih merdu. Dia hanya pernah mendengarnya berbicara sekali sebelumnya, dengan kakaknya, ketika...

Ketika William Steel mengatakan bahwa dia telah membunuhnya.

Carline telah membunuhnya.

Kebanyakan pria yang ia kenal akan melingkarkan tangan mereka di lehernya dan mencekik lehernya untuk itu. Tidak ada yang bisa dilakukan kecuali membela diri, sungguh, jika dia mencoba membunuhnya.

Tapi dia tidak bisa memaksa dirinya untuk melakukannya. Bahkan jika dia telah membunuhnya, yang membuatnya menjadi... apa? Bukan malaikat. Iblis, mungkin, karena dia tidak ingat memiliki sayap dan tanduk sebelum dia mati.

Seorang pria yang licik akan mencabulinya saat ia tidur, sehingga ia tidak punya pilihan selain menikahinya, atau hancur. Kemudian lagi, pria itu bahkan tidak perlu menyentuhnya - hanya kehadirannya, sendirian bersamanya di kamar tidurnya, akan berarti kehancuran baginya, jika ada orang yang mengetahuinya.

Tapi dia juga tidak bisa menahan diri untuk mencabulinya. Dia memang iblis - bukankah iblis seharusnya mencuri kebajikan gadis-gadis, setiap ada kesempatan? Atau setidaknya menyiksa mereka?

Ini sama sekali tidak seperti yang dia bayangkan. Dia bermaksud menculiknya, dan kemudian ketika mereka sudah jauh dari kakaknya, dia akan menjelaskan kepadanya betapa dia mencintainya dan bagaimana dia bermaksud untuk menikahinya. Wanita itu pun mencintainya seperti dia mencintainya, dan dengan sukarela mengundangnya ke tempat tidurnya di mana dia aka n... yah, menidurinya.

Mungkin itulah yang akan dia lakukan, ketika dia mulai membuka pakaiannya, hanya saja dia pergi untuk membuat teh dan...

Tuhan, dia memang bodoh. Sekarang sudah terlambat untuk bertanya kepadanya, karena dia sudah tidur.

Dia hanya perlu duduk di sana dan menunggu sampai dia bangun. Sambil mengangguk-angguk, Stan memutuskan untuk melakukan hal itu.

Dua Puluh

"Tolong bangun. Sudah hampir fajar dan saya harus berbicara dengan Anda."

Suara itu. Dia pernah tidur dengannya, bukan?

Sayang sekali dia tidak mengingatnya. Seorang pria dengan suara sepanas itu seharusnya setidaknya lumayan di tempat tidur. Tidak bisa dilupakan.

Mari kita lihat... dia pergi ke pemakaman bersama para gadis, dan kemudian satpam datang, dan pergelangan kakinya terkilir. Dia mengâlihkan perhatian satpam sementara gadis-gadis lain berhasil lolos dan kemudian... dia teringat akan sayap dan tanduk di atap.

Tapi tidak ada seks sama sekali.

Dia bahkan tidak telanjang. Dia mengenakan piyama My Little Pony yang seharusnya tidak boleh dilihat oleh laki-laki. Namun di sini dia memakainya, dan dia masih di sini.

Yang berarti dia tidak hanya mudah dilupakan di tempat tidur, tetapi dia mungkin semenarik bagian belakang bunyip. Sebuah hubungan satu malam yang tidak akan pernah terulang kembali.

Lebih baik kita selesaikan masalah ini, kalau begitu.

Dia memaksa matanya terbuka.

Oh wow. Lebih mirip ujung depan bunyip, jika bunyip memiliki tanduk dan sayap dan... apakah itu enam... tidak, pasti delapan.

"Tolonglah. Saya hanya punya waktu beberapa menit sebelum matahari terbit."

"Apa yang terjadi ketika matahari terbit?" tanyanya.

"Saya berubah menjadi batu di bawah sinar matahari, dan tidak akan kembali lagi sampai matahari terbenam," jawabnya. "Itulah sebabnya ..."

Alethea menganggukperlahan. Ia mungkin tidak ingat banyak tentang kejadian semalam, tapi ia tahu jalan di sekitar apartemen orangtuanya.

"Oke, jadi jika kita menghalangi cahaya matahari, itu akan memberi kita waktu, kan?"

Dia mengangguk.

"Kalau begitu kita harus menutup jendelanya." Dia bergeser ke sisi tempat tidur dan menginjakkan kakinya di lantai. Hanya untuk menemukan bahwa pergelangan kaki yang satu telah membengkak dua kali lipat dari pergelangan kaki yang lain - tidak mungkin dia menaruh beban di atasnya. "Pindahkan tirai di sisi itu. Ada tombol di sebelah jendela."

Dia mengikuti ke mana wanita itu menunjuk, dan menemukan sakelar. "Ini?"

"Ya, jentikkan dan rana akan turun."

Dengan rengekan protes, rana meluncur ke tempatnya, menyelimuti ruangan dalam kegelapan.

"Ada sakelar seperti itu dan rana pada setiap jendela. Jika Anda menutup semua penutup jendela, kita bisa mengatasi masalah sinar matahari, bukan?"

Sekali lagi, dia mengangguk.

"Jika kita hanya punya waktu beberapa menit sampai fajar menyingsing dan pergelangan kaki saya tidak akan membawa saya ke mana pun dengan cepat, apakah Anda pikir Anda bisa menutup semua jendela tepat waktu?"

Secepat bayangan, ia pun menghilang.

Pada saat dia kembali, dia telah menyalakan lampu di samping tempat tidur dan melompat ke kamar mandi dan kembali.

"Anda seharusnya tidak berjalan jika Anda terluka. Anda seharusnya menunggu saya untuk menggendong Anda," katanya sambil mengerutkan kening.

Ya, dia ada benarnya. Terutama karena pergelangan kakinya berdenyut-denyut sekarang. Seharusnya ia mengambil beberapa pil pereda nyeri saat ia berada di kamar mandi, seperti yang ia lakukan tadi malam. Oh, mungkin karena itulah dia tidak ingat apa-apa - pil itu telah membuatnya pingsan. Yang membuatnya lebih aneh lagi, dia masih ada di sini.

"Dengar, saya perlu tahu satu hal terlebih dahulu, sebelum yang lainnya. Apakah kita tidur bersama tadi malam?" tanyanya.

Dia mulai menggelengkan kepalanya.

"Kami tidak melakukan hubungan seks?" dia bersikeras. Nah, itu akan menjelaskan mengapa dia tidak mengingatnya. Berhubungan intim dari dekat dengan tubuh seperti itu adalah sesuatu yang dia pikir pasti akan dia ingat.

"Tentu saja tidak," katanya, tampak tersinggung.

Alethia membiarkan dirinya rileks, sedikit saja. "Lalu apa yang kamu lakukan di kamar tidurku?"

"Aku adalah pelindung iblismu. Kamu memanggilku, dan aku mengatakannya padamu tadi malam."

Ya, dia ingat itu. Dia berharap itu hanya mimpi.

"Jadi, tanduk dan sayapnya semuanya nyata?"

Mereka tampak nyata. Semuanya tampak sangat nyata, bahkan jika dia lebih cocok berada di sampul buku daripada kamar tidur orangtuanya.

"Tentu saja saya nyata, wanita! Apakah aku akan berdiri di sini, di kamar tidurmu, menunggu untuk mendiskusikan masalah penting denganmu, jika aku tidak nyata?" geramnya.

Oh sial. Ketika dia menggeram dalam Suara Itu... sekarang dia mengerti bagaimana pakaian dalam bisa meleleh. Atau larut. Atau terbakar secara spontan...

Dia menggelengkan kepalanya untuk membersihkannya. Tentu saja. Dia membangunkannya karena dia perlu berbicara dengannya, bukan? Dia sudah mendapatkan jawaban atas pertanyaannya, tapi dia masih menunggu. Iblis tidak dikenal karena kesabaran mereka.

"Oke, jadi bagaimana kalau Anda duduk, dan kita bisa membicarakan apa pun yang sangat mendesak, sehingga Anda perlu membangunkan saya untuk itu," kata Alethea.

"Saya lebih suka berdiri."

Sebenarnya, ia tampak lebih suka mondar-mandir di sepanjang ruangan, ekornya berkibas di belakangnya, seperti binatang yang dikurung, atau mungkin hanya kucing Bell House, tetapi Alethia hanya mengangguk.

Akhirnya, dia menempatkan dirinya tepat di depannya, tatapannya yang tajam menangkap tatapannya. "Mengapa kau membunuhku, Carline?"

Dua Puluh Satu

Dia hanya menatapnya, seperti tidak mengerti apa yang baru saja dikatakannya. "Apa?" katanya akhirnya.

Dia mulai kehilangan kesabaran terhadapnya. Tentu saja dia tidak mengira dia bodoh. "Jangan main-main denganku, Carline. Hal terakhir yang kuingat sebelum aku mati adalah kakakmu mengatakan, dengan sangat jelas, bahwa kau telah membunuhku. Yang ingin saya ketahui adalah mengapa."

Dia mengangguk perlahan, terlihat serius. Setelah beberapa saat, dia berkata perlahan, "Baiklah. Apakah ada hal lain yang Anda ingat, seperti tahun berapa ini terjadi?"

Ah, jadi mungkin beberapa waktu telah berlalu sejak malam yang menentukan itu, dan ingatannya tentang hal itu tidak sejelas ingatannya. Kalau begitu, dia harus memperbaiki keadaan. "Saat itu adalah musim dingin tahun 1834, tak lama setelah penduduk asli menyerbu penggilingan milik saudaramu di sisi selatan sungai dari kota Perth. Kamu pasti ingat itu." Dia berharap bisa mengingat lebih banyak, tetapi ingatannya tentang kejadian malam itu sangat kabur.

Lebih banyak mengangguk. "Baiklah. Sekarang, apa kau punya nama, Tuan Pelindung Iblis, atau aku harus memanggilmu apa?"

Stan menghembuskan napas. Ya Tuhan, dia pasti mengira pria itu kasar, dan dia benar. Dia bahkan tidak repot-repot memperkenalkan diri.

Dia membungkuk rendah. "Tolong maafkan saya. Saya Stanley Steel. Stan, jika kau mau."

"Stan - jika saya boleh memanggil Anda Stan - ini mungkin sedikit mengejutkan bagi Anda, tetapi beberapa waktu telah berlalu sejak kematian Anda pada tahun 1834."

Gilirannya untuk mengangguk. Tentu saja. Dia sudah sampai pada kesimpulan itu. Hal itu juga menjelaskan mengapa dia tidak bisa menggunakan dapurnya.

"Sekarang sudah tahun 2020."

Tunggu... apa yang dia katakan?

"Nama saya Alethia Bell. Saya tidak punya saudara laki-laki, dan saya tidak pernah membunuh siapa pun, apalagi Anda. Selain itu, saya tidak ingat ada serangan terhadap Old Mill di South Perth, tapi karena tahun 1834 adalah masa sebelum saya, saya harap Anda mengerti mengapa saya tidak berada di sana."

Oh Tuhan. Ini... dia hampir saja... "Kamu bukan Carline?" dia berseru.

Senyum tipis tersungging di bibirnya. "Tidak, saya bukan Carline, yang tidak terdengar seperti orang yang sangat baik jika dia membunuhmu. Aku benar-benar Alethia Bell. Yah, Alethia Caroline Bell, jika Anda ingin lebih tepatnya, tapi bukan Carline Bell."

"Carline Steel. Namanya Carline Steel," katanya. Kemudian dia menggelengkan kepalanya. "Tapi kamu mirip sekali dengannya." Rambut emas putih, sosok yang bulat...

"Baja. Seorang kerabat, kalau begitu?" Alethia bertanya.

"Sepupu kedua. Kami akan menikah," kata Stan. Nah, jika rencananya berhasil. Jika Carline tidak membunuhnya.

"Apakah dia... dengar, Stan, kamu terlihat seperti pria yang cukup baik, tapi jika dia membunuhmu, aku harus bertanya... apakah dia senang dengan pertunanganmu?" Dia terlihat hampir takut dengan apa yang akan menjadi jawabannya.

Stan memejamkan matanya. "Dia bahkan tidak tahu."

Alethia mengembuskan napas. "Nah, begitu banyak hal yang menjadi motifnya. Jika dia masih hidup, kita bisa menanyakannya, tapi jika dia hidup di tahun 1834, dia mungkin sudah tidak ada. Dengar, aku ingin membantumu, terutama setelah kau membantuku pulang tadi malam, tapi ini masih terlalu dini untuk memecahkan misteri pembunuhan yang sudah berusia hampir dua ratus tahun. Terutama jika itu adalah pembunuhanmu, yang kubayangkan adalah hal yang sangat pribadi. Jadi, saya usulkan kita berdua meluangkan waktu sejenak untuk memikirkan hal itu, dan kemudian kita bisa berkumpul kembali setelah saya mandi. Mungkin sambil minum kopi dan sarapan?"

"Mandi?" Apa hubungan hujan dengan apa pun? Dan bagaimana dia bisa merasuki hujan?

"Ah. Ya, bukan sesuatu yang mereka miliki di sini pada tahun 1834, saya bayangkan. Um, aku akan pergi ke kamar di sana dan mandi. Telanjang."

Stan menelan ludah. Ratusan kali saat dia tidur, dia membayangkannya telanjang. Dia mengira wanita itu adalah Carline, yang telah diimpikannya selama bertahun-tahun, tapi tetap saja...

"Apakah Anda... apakah Anda membutuhkan bantuan saya untuk itu?" dia tercekat. Dia bahkan tidak bisa memutuskan apa yang dia inginkan sebagai jawaban dari wanita itu.

Dia menatapnya untuk beberapa saat, seolah-olah dia sedang membaca pikirannya. Mungkin memang begitu. Akhirnya, dia berkata, "Anda tahu, saya tidak tahu apakah itu hanya basa-basi, atau Anda benar-benar ingin membantu."

Nah, itu baru dua di antaranya.

Dia mengangkat kedua tangannya. "Saya mungkin bisa naik ke sana sendiri, dan duduk di bangku plastik kecil yang biasa saya gunakan untuk mencukur bulu kaki, dan kembali ke sini tanpa masalah. Tapi jika Anda bersedia menggendong saya ke dapur, saya tidak akan menolak."

"Kalau begitu saya akan melakukan apa yang Anda inginkan, Nona Bell."

"Alethia. Saya berharap Anda memanggil saya Alethia."

Dia menyeringai. "Alethia, kalau begitu."

Dia mungkin bukan Carline, tapi dia sama cantiknya dengan Carline. Ditambah lagi, dia masih hidup dan sepertinya dia sudah menyukainya. Lagipula, dia bahkan belum pernah mencoba membunuhnya. Dan dia tidak memiliki saudara laki-laki yang mengancam nyawanya karena berani menatapnya.

Dua Puluh Dua

Alethia menunggu hingga semprotan air panas menenggelamkan segala suara yang mungkin ia keluarkan, sebelum ia tenggelam di atas ubin kamar mandi dan tertawa terbahak-bahak. Sebagian adalah tawa histeris, tetapi dia harus mengakui bahwa itu lucu.

Tadi malam, dia mabuk bersama para gadis dan memanggil iblis seksi, yang jelas-jelas belum pernah berhubungan seks dengannya, yang tidak hanya masih ada di sini keesokan paginya, tetapi dia ingin dia membantunya memecahkan misteri pembunuhan. Lebih lucunya lagi, untuk sesaat di sana, setelah dia menawarkan diri untuk membantunya mandi, dia berani bersumpah ada kilatan jahat di matanya yang mengatakan jika dia menginginkan seks yang tidak mereka lakukan semalam, dengan satu kata darinya, dia pasti akan datang dan memberinya mandi terpanas yang pernah dia alami.

Dan dia hampir setuju untuk melakukan hubungan seks yang panas dengan setan. Sampai dia mengumpulkan akalnya yang hilang dan memaksa dirinya untuk mengatakan bahwa dia mandi sendirian.

Tentu saja, dia mungkin masih duduk di kamar tidur, menunggunya. Jika dia meminta bantuannya...

Imajinasinya yang liar memberikan gambaran yang menggoda tentang pria yang menyandarkan dirinya ke dinding kamar mandi, menenggelamkan dirinya ke dalam hingga ia berteriak memanggil namanya dengan penuh kegembiraan.

Stanley Steel. Bukan nama yang dia harapkan untuk seorang iblis, tapi dia pernah menjadi manusia, bukan? Pada tahun 1834. Tepat di awal berdirinya Koloni Sungai Angsa.

Dia meluangkan waktunya di kamar mandi, bahkan mencukur kakinya, yang biasanya tidak dia lakukan di musim dingin, tetapi jika dia melilitkan kakinya di pinggangnya, dia ingin kakinya mulus seperti sutra.

Tentu saja, dia mungkin telah membayangkan kilatan itu, pikirnya, sambil mengeringkan diri dan berpakaian. Dia telah membaca terlalu banyak roman paranormal dan alien untuk percaya bahwa makhluk berdarah panas yang bukan manusia normal pasti akan mencari cinta dan dipenuhi dengan nafsu pada wanita mana pun yang pertama kali dilihatnya. Namun hal itu tidak menghentikannya untuk menginginkan hal itu menjadi kenyataan.

Dia menunggunya saat dia membuka pintu kamar mandi, dengan mata penuh penghargaan menatapnya seolah-olah sweter melar dan celana legging adalah hal terseksi yang pernah dilihatnya sepanjang tahun. Yah, jika dia terjebak di neraka, mungkin memang begitu.

Dia sendiri tidak terlihat begitu buruk - hanya mengenakan celana jins yang menggantung rendah di pinggulnya, sehingga ekornya bisa berayun bebas. "Mau saya gendong ke dapur?" Dia mengulurkan tangannya.

"Ya, silakan."

Pelukannya di sekelilingnya terasa sama nyamannya dengan yang mereka rasakan semalam. Tunggu, bukankah mereka mendarat di atap dalam perjalanan?

"Apakah Anda menerbangkan saya pulang tadi malam?" tanyanya.

Dia mendudukkannya di salah satu kursi makan. "Tentu saja. Jauh lebih cepat daripada berjalan."

"Atau melompat." Dan itulah yang dilakukannya, untuk mencapai meja dapur dan mesin kopi. Orangtuanya biasanya memesan banyak pilihan biji kopi, tapi dia hanya memilih dua biji kopi - moka dan karamel. Pagi ini, dia memilih yang moka.

Sementara mesin melakukan keajaibannya, dia berbalik menghadap Stanley. "Jadi, kamu mau sarapan apa? Orang tua saya memiliki pesanan tetap untuk kotak produk pertanian mingguan, hanya saja mereka lupa untuk membatalkannya, dan yang pertama sangat enak, saya terus melakukannya. Kirimannya datang kemarin, jadi selain sereal, susu, dan roti panggang biasa, saya mendapatkan apel, muffin blueberry, penghuni pertama dengan buah zaitun, selai yang belum pernah saya lihat sebelumnya, dan sebotol besar madu. Oh, dan semacam keju yang lembut dan bisa dioleskan yang ingin saya coba di atas roti panggang penghuni pertama."

Stan hanya menggelengkan kepalanya dengan heran. "Begitu banyak hal yang belum pernah saya dengar, apalagi rasakan. Koloni ini benar-benar telah berkembang, seperti yang saya katakan. Seandainya saja saya bisa menikmati karunia ini, seperti yang saya yakin Anda juga, tapi saya tidak membutuhkannya."

Mulut Alethea ternganga. "Apa, iblis tidak makan? Maksudku, aku belum pernah bertemu dengan iblis sebelumnya, tapi ini pertama kalinya aku mendengar bahwa mereka tidak perlu makan. Atau bahwa mereka berubah menjadi batu di bawah sinar matahari. Saya pikir itu troll, bukan setan. Apa lagi tentang iblis yang perlu saya ketahui?"

Stan mengangkat bahu. "Saya tidak perlu makan atau minum, jadi Anda tidak perlu memasak untuk saya, meskipun kopi itu memang cukup lezat. Aku bisa terbang, tentu saja, tapi kau sudah tahu itu. Aku tidak tahu apa yang harus kukatakan padamu - aku tidak mengenal iblis-iblis lainnya."

"Maksudmu kamu tidak melihat setan di neraka? Lalu, bagaimana rasanya di sana, jika tidak ada setan?" Alethea bertanya.

Mengangkat bahu lagi. "Aku tidak ingat. Yang saya ingat hanyalah malam ketika saya meningga l... dan kemudian Anda memanggil saya."

"Tapi Anda ingat masa-masa awal koloni," katanya dengan penuh semangat. Begitu banyak hal yang ingin ia tanyakan, ia tidak yakin apa yang harus ia tanyakan pertama kali.

Stan menggelengkan kepalanya. "Saya ingat suatu malam, dan itu pun masih kabur. Saya bahkan tidak ingat bagaimana cara membuatkan secangkir teh untukmu tadi malam."

"Untung saja saya tidak minum teh. Callie adalah peminum teh. Aku lebih suka kopi, tapi aku suka yang manis." Dia mengisi cangkirnya dengan susu, lalu mengangkatnya sambil bersulang. "Kita harus minum untuk apa? Maksudku, biasanya untuk kesehatan, tapi kau iblis dan pergelangan kakiku terkilir, jadi sepertinya tidak ada gunanya sekarang."

Stan mengerutkan kening. "Kamu tidak boleh berdiri dengan kakimu yang terluka. Apa kamu punya apa yang kamu butuhkan untuk sarapan?"

Alethia mengambil sebuah muffin blueberry di tangannya yang bebas. "Sekarang aku punya."

Dia mengambilnya, lalu menggendongnya kembali ke meja makan, dengan sangat hati-hati sehingga kopinya tidak tumpah.

"Saya tidak tahu tugas perawat adalah bagian dari menjadi pelindung iblis. Atau apakah ini hanya kamu, yang melakukan lebih dari itu? Karena aku bahkan belum mengenalmu sehari dan aku bisa memberitahumu, kau benar-benar pelindung terbaik, iblis atau bukan, yang pernah kumiliki." Dia mengangkat cangkir kopinya ke arahnya sebelum dia minum.

Senyum sedih muncul di wajahnya. "Seandainya saja Carline setuju dengan Anda."

"Oh, Stan." Dia mengulurkan tangan dan meremas tangannya. "Maafkan aku karena segala sesuatunya tidak berjalan baik untukmu dan Carline. Tapi aku akan memberitahumu. Selagi kau di sini melindungiku, aku akan membantumu mencari tahu apa yang terjadi malam itu, jika aku bisa, dan bahkan mungkin mencari tahu mengapa dia membunuhmu. Hanya itu yang bisa kulakukan."

"Tapi bagaimana mungkin Anda bisa mengetahui sesuatu yang terjadi hampir dua ratus tahun yang lalu, ketika semua orang yang ada di sana sudah meninggal?" Dia juga tidak membuat pengecualian untuk dirinya sendiri.

Alethea menyeringai. "Yah, kebetulan sekali Anda adalah pelindung iblis bagi seorang arkeolog yang berspesialisasi dalam sejarah kolonial awal Swan River. Wah, baru kemarin aku menggali jasad beberapa pemukim Skotlandia yang paling awal." Oh sial, apakah dia telah menggali jasadnya? Dia berharap tidak. "Saya memiliki kontak di mana pun dokumen sejarah disimpan, dan jika ada di internet, saya bisa dan akan menemukannya. Dan karena saya tidak mungkin bisa bekerja selama beberapa hari sampai pergelangan kaki saya sembuh, Anda akan menggunakan jasa saya secara eksklusif untuk beberapa waktu ke depan."

Dia menatap tangannya yang masih berada di atas tangannya, di mana tangan itu masih berada. "Kita sudah sepakat," katanya perlahan. "Aku akan melindungimu, dan kamu akan membantuku."

Alethea hampir tersedak saat meminum kopinya. Dia baru saja membuat kesepakatan dengan iblis.

Dua Puluh Tiga

Wanita itu bukan Carline. Jika ada malaikat yang baik hati yang tidak mengawasinya semalam, dia mungkin telah meniduri wanita yang salah.

Bukan berarti dia akan keberatan, karena dia sama cantiknya dengan Carline, dan dia tampaknya tidak keberatan bahwa dia adalah iblis. Hal itu membuatnya menjadi godaan yang lebih besar. Salah satu yang harus dia hindari.

Karena jika dia benar-benar kembali ke bumi untuk menjadi pelindung Alethia, maka seseorang telah memberinya kesempatan kedua. Kesempatan untuk menebus dirinya sendiri, sehingga mungkin dia tidak akan dikirim kembali ke neraka, dan dia akan diizinkan untuk pergi ke tempat lain. Ke tempat di mana dia mungkin akan dipertemukan kembali dengan Carline.

Tentu saja, ini berarti dia harus selalu dalam kondisi terbaiknya dalam segala hal. Untuk menjadi pelindung terbaik dan paling berdedikasi yang bisa dimiliki Alethia. Jenis pelindung yang dia inginkan untuk Carline, jika Carline mengizinkannya.

"Bisakah Anda mengambilkan laptop saya? Ada di dalam tas itu." Alethea menunjuk.

Stan dapat melihat tas itu, tetapi dia tidak tahu apa isinya, jadi dia mengambil tas itu dan meletakkannya di atas meja di hadapannya.

"Itu berhasil." Ia merogoh tasnya dan mengeluarkan apa yang dianggap Stan sebagai semacam folio. Benar saja, ketika ia membukanya, bagian atasnya tampak seperti batu tulis yang sangat halus, sementara bagian yang masih berada di atas meja menyerupai mesin cetak dengan semua huruf yang tertata di atasnya. Kemudian, Alethia menyapukan jari-jarinya pada batu tulis dan...

"Bagaimana Anda melakukannya?" Stan bertanya, sambil mengintip gambar yang muncul di papan tulis.

"Itu"? Oh, itu salah satu pegunungan di utara, dekat salah satu lokasi tambang. Salah satu orang di tempat kerja adalah seorang pilot drone, dan di sela-sela mensurvei lokasi dari udara, ia juga mengambil banyak bidikan udara. Foto ini adalah favorit saya, karena warna bebatuannya sangat kontras dengan lautan di latar belakangnya. Tentu saja, airnya hanya ada di sana pada saat air laut sedang pasang, karena beberapa jam kemudian, terlihat seperti ini." Dia mengetuk batu tulis dan gambarnya berubah, dengan pasir putih di tempat yang tadinya adalah air berwarna biru kehijauan.

"Tetapi, bagaimana Anda membuat gambar seperti itu muncul? Ini seperti melihat melalui jendela di tempat ini dari ketinggian. Seperti melihat melalui mata burung. Apakah ini sihir?"

Alethia tertawa. "Bukan sihir, hanya teknologi modern. Um, Anda sedang melihat gambar pemandangan, yang diambil oleh perangkat terbang, yang kemudian mengirimkan informasi ke laptop seperti milik saya. Begitu banyak hal yang saya bayangkan tidak ada di tahun 1834, dan saya mungkin orang terburuk yang pernah mencoba menjelaskan cara kerjanya kepada Anda. Maksud saya, saya adalah seorang arkeolog. Pekerjaan saya adalah menggali dan menjelaskan benda-benda dari masa lalu kepada orang-orang masa kini. Saya tidak pernah menyangka bahwa saya harus menjelaskan benda-benda masa kini kepada seseorang dari masa lalu. Yang saya harapkan adalah melihat apakah ada catatan online tentang Carline Anda. Carline Steel, kan?"

Stan menganggguk.

Gambar di atas batu tulis itu menghilang, digantikan oleh banyak kata. Alethia mengetukkan jari-jarinya pada huruf-huruf di bawah papan tulis, dan nama Carline muncul di papan tulis. Sebuah panah kecil bergerak melintasi layar untuk menyentuh kata CARI sebelum semuanya lenyap, hanya untuk digantikan oleh pilihan kata yang baru.

Alethia mengintip papan tulis itu, bergumam dalam hati sambil membaca.

"Benar, di sini tertulis bahwa ia tiba bersama saudaranya, William Steel, pada tahun 1829, kemudian menikah dengan Sean Bell pada tahun 1834. Dia meninggal pada tahun ... 1887. Maaf, Stan."

Carline telah meninggal sebagai seorang wanita tua, setelah kehidupan yang panjang dan kemungkinan besar bahagia, dengan orang lain, sementara dia... dia...

Alethia membungkuk dan melingkarkan tangannya di sekelilingnya, memeluknya dengan erat. "Maafkan aku, Stan."

Dia harus memaksa dirinya untuk melepaskan kepalan tangannya sebelum dia bisa memeluknya kembali. Jika ia memejamkan mata, atau hanya memusatkan perhatian pada jalinan rambut pirang keperakan yang menjuntai di punggungnya, ia hampir dapat meyakini bahwa wanita itu adalah Carline, dan payudara lembut yang menempel di dadanya...

Tidak. Ini adalah Alethia, bukan Carline, dan dia adalah pelindungnya, bukan pemerkosanya. Dia harus mengendalikan keinginannya, atau dia tidak akan pernah mencapai penebusan, dan tidak akan pernah melihat Carline lagi.

Dia menarik diri, keluar dari pelukannya. Lebih baik seperti ini.

DUA PULUH EMPAT

Ya, dia melakukannya lagi. Lupa bahwa tidak semua orang suka berpelukan. Terutama iblis bertanduk dan bersayap besar yang tumbuh besar di Kabupaten. Jika dia ingat Jane Austen-nya dengan benar, menyentuh seorang pria dengan tangan kosong atau hanya berduaan dengannya saja sudah cukup untuk menghancurkan seorang wanita.

Kemudian lagi, dia tidak mengenakan sarung tangan - atau apa pun - saat menggendongnya pulang tadi malam. Dan dia menghabiskan sepanjang malam dengan telanjang di kamar tidurnya. Matanya mengarah ke pangkal pahanya, tempat yang selama ini dia hindari untuk dilihat...

"Dari mana kamu mendapatkannya?" tanyanya. Dia jelas tidak mengenakan celana jins dengan belahan rendah tadi malam.

Dia melirik ke bawah. "Mereka berada di sebuah ruangan kecil yang berdekatan dengan kamar tidur Anda, dengan banyak pakaian pria lainnya. Saya juga berniat mengenakan kemeja, tetapi semua yang saya temukan terlalu kecil."

Itu menjelaskan mengapa celana jinsnya sangat pas. Celana itu pasti milik ayahnya, dan tidak mungkin ada kemeja Ayah yang muat di bahu Stan yang lebar. Dan otot-ototnya mungkin akan merobek lengan baju.

"Saya harap pemiliknya tidak keberatan jika saya meminjamnya selama saya melindungimu," kata Stan sambil mengerutkan kening.

"Aku ragu Ayah akan muat mengenakan celana jins lamanya lagi, apalagi sekarang dia mungkin menambah perut buncitnya dengan perut anggur dan keju." Dia yakin mereka bersenang-senang.

"Di mana ayahmu sekarang? Jika dia kembali, maka aku harus bersembunyi, karena dia tidak akan menyetujui kehadiran iblis di dekat putrinya, meskipun aku adalah pelindungmu," kata Stan.

Alethia tertawa. Ayahnya tidak percaya pada setan, jadi dia mungkin akan mencoba menginterogasi Stan, entah karena penasaran atau karena ingin menangkapnya dalam sebuah kebohongan. "Orang tua saya berada di Prancis, berkeliling ke peternakan siput dan berbelanja di pasar petani dan semua hal yang Anda lakukan ketika Anda tidak harus bekerja dan tinggal di pedesaan Prancis."

"Dan mereka akan meninggalkanmu di sini sendirian?" Stan tampak terkejut.

"Saya seorang wanita dewasa, Stan, dengan pekerjaan dan kehidupan saya sendiri. Ketika pergelangan kaki saya tidak terkilir, saya biasanya bisa bergaul dengan baik."

"Tapi apa yang akan mereka katakan jika mereka tahu bahwa Anda bergaul dengan setan?"

"Ayah mungkin akan mengajukan banyak pertanyaan, dan Ibu... yah, dia mungkin akan mengatakan bahwa Anda adalah peningkatan dari pria terakhir yang saya kencani. Lebih tampan. Lebih sopan. Dan bukan penguntit gila yang ingin aku memiliki bayinya, yang selalu menjadi nilai tambah. Dia adalah alasan Callie menyarankan kami untuk mencoba memanggilmu, sebenarnya. Untuk melindungiku darinya."

Ekspresi Stan berubah menjadi gemuruh. "Ada seorang pria yang menguntitmu? Orang yang bermaksud untuk memperkosamu?"

Sekarang giliran Alethia yang mengerutkan kening. "Saya tidak tahu tentang bagian yang menggairahkan. Kalau dipikir-pikir, aku pikir kau bilang kita tidak melakukan hubungan intim semalam. Sekarang kau bilang kita melakukan sesuatu?" Tapi pasti dia akan ingat. Atau setidaknya sedikit sakit setelahnya, karena Stan jelas tidak kecil.

Dia menarik dirinya sendiri. "Saya yakin saya tidak tahu apa yang Anda maksud."

"Sial." Dia mengusap dahinya dengan jari-jarinya, berharap untuk mencegah sakit kepala yang mengancam. Berurusan dengan iblis berusia dua ratus tahun itu sulit. Pendidikan seks bagi seorang pria Kabupaten adalah penyiksaan. "Oke, biar saya perjelas. Bercinta, menggairahkan, tidur, apa pun istilah yang Anda gunakan... semuanya berarti seks, bukan? Penis dan vagina dan banyak sekali sodokan. Mungkin juga melibatkan beberapa bagian tubuh lainnya, agar tetap menarik.

Tapi dalam bentuk yang paling dasar, hubungan seksual antara pria dan wanita adalah ketika penis Anda masuk ke dalam vaginanya. At au... tempat lainnya." Dia berjuang untuk tidak tersipu malu dengan bayangan yang muncul di kepalanya, tentang dirinya yang menindih pria itu dan pria itu membalasnya. Pipinya mungkin tidak terasa panas dan tidak nyaman, tapi di tempat lain pasti. Basah juga. Alethia memejamkan matanya. "Apakah kita, atau tidak, berhubungan seks tadi malam?"

"Tentu saja tidak."

Oh, sekarang dia telah menyinggung perasaannya. Ya, dua ratus tahun yang lalu, wanita yang lahir dengan baik tidak membicarakan bagian pribadi, atau apa yang Anda lakukan dengannya.

"Dan jika pria yang menguntitmu ini berpikir bahwa dia bisa melakukan hal seperti itu padamu, aku akan menghancurkannya," kata Stan. "Aku adalah pelindungmu, dan inilah tujuanku. Tidak ada seorang pun yang akan menghancurkanmu selama aku bersamamu."

Bahkan dia. Alethia menghela napas. "Terima kasih, Stan."

Dua Puluh Lima

Perhatian Alethia tertuju pada laptopnya, saat ia mengetikkan kata-kata dan gambar-gambar di perangkat aneh itu, sehingga ia tidak menyadari ketika ia bangkit dan mulai mondar-mandir di rumah petaknya. Kemungkinan besar itu adalah rumah petak milik orangtuanya, dan sama sekali bukan miliknya, ia memutuskan sambil mengamati sekelilingnya, karena sebagian besar berdebu, seolah-olah sudah beberapa bulan tidak digunakan. Pengecualiannya adalah kamar tidur, ruangan yang ia sebut kamar mandi, dan ruangan besar dengan dapur di salah satu ujungnya, tempat ia duduk saat ini.

Ada batu tulis kedua, jauh lebih besar daripada yang sedang ia tatap, tergantung di dinding di depan sofa besar. "Apakah batu tulis ini juga menampilkan gambar?" tanyanya.

Alethia mendongak ke atas. "Ya, karena itu televisi. Aku bisa menyetel sesuatu untuk kamu tonton jika kamu mau, tapi kebanyakan programnya akan membuatmu lebih banyak bertanya daripada menjawab. Saya rasa ada tayangan slide gambar dari seluruh dunia yang muncul jika Anda menjedanya terlalu lama." Dia berdiri, mengambil sebuah kotak hitam tipis, selebar sekitar satu inci dan sepanjang tangannya, dan mengarahkannya ke papan tulis. Serangkaian kata dan gambar yang tidak dikenalnya muncul di layar, sampai sebuah gunung yang tertutup salju muncul. "Ini dia." Pandangannya kembali ke laptop.

Stan tidak yakin apakah dia harus mengabaikan batu tulis dan terus berjalan, atau apakah dia harus melihat foto-foto itu. Gunung itu terlihat begitu nyata, begitu jelas, sehingga nyaris mustahil untuk mempercayai bahwa ia tidak sedang melihat ke luar jendela pada pemandangan itu. Kemudian pemandangan berubah, menjadi lanskap yang sama memukau seperti yang pertama.

Setelah beberapa foto yang tak terhitung jumlahnya, Stan mengerjap, tiba-tiba menyadari Alethea memanggil namanya. "Maafkan saya, saya terganggu oleh gambar-gambar itu. Apa yang kamu butuhkan?"

"Jangan merasa buruk. Semua orang teralihkan perhatiannya oleh TV. Kemarilah dan lihat apa yang berhasil saya temukan sejauh ini."

Stan bergerak untuk berdiri di belakangnya, mengintip papan tulis kecil di atas bahunya, di mana sebuah kincir angin bercat putih muncul.

"Apakah Anda mengenali ini?" tanyanya.

Stan menggelengkan kepalanya. "Kincir milik saudara laki-laki Carline terbuat dari kayu, bukan batu, dan tidak dicat. Tidak ada bangunan di bawahnya - hanya sebuah tenda, tempat mereka berdua tinggal."

"Ya, dikatakan bahwa penggilingan ini - yang kami sebut Old Mill, lucunya, adalah penggilingan kedua yang dibangun di lokasi ini pada tahun 1835, setelah penggilingan pertama terbakar. Tapi hanya itu satu-satunya referensi yang bisa saya temukan tentang kebakaran itu. Apakah menurut Anda mungkin Anda meninggal dalam kebakaran itu? Carline tidak membunuhmu sama sekali, dan itu adalah sebuah kecelakaan?"

Tidak ada api. Bahkan api untuk memasak pun sudah padam. "Tidak ada api malam itu."

"Hal lucu lainnya adalah tidak ada catatan tentang kedatangan Carline Steel. Saudara laki-lakinya, William Steel, datang dengan *HMS Sulphur*, dan disebutkan bahwa ia memiliki seorang istri, tetapi tidak disebutkan namanya."

"Hanya ada dua tempat tidur di tenda itu. Miliknya, dan miliknya. Tidak ada istri. Entah dia meninggal pada masa-masa awal koloni, atau Carline berpura-pura menjadi istrinya karena suatu alasan." Stan membasahi bibirnya. "Aku pernah mendengar cerita tentang dia sebagai penyihir, tapi aku tidak pernah mempercayainya. Namun, jika ada orang lain yang percaya, dan mengejarnya untuk itu... mungkin dia melarikan diri ke koloni untuk bersembunyi dari tuduhan palsu, dan mengatakan bahwa dia adalah istri saudaranya untuk menyembunyikan identitasnya." Hal itu tidak masuk akal, karena hanya ada sedikit perbedaan antara Nona atau Nyonya Steel. "Saya tidak tahu."

"Lalu ada Sean Bell. Ada beberapa penyebutan nama Sean Bell selama bertahun-tahun, meskipun mereka tidak mungkin orang yang sama. Dia tampaknya tiba di *Hooghly* pada tahun 1830, tetapi namanya tidak muncul dalam daftar penumpang. Namun, nama Anda ada. Apakah Anda ingat seorang pria dengan nama itu?"

Stan menggelengkan kepalanya. "Saya tidak ingat apa pun tentang kapal, atau siapa pun yang ada di dalamnya."

"Ada seorang Tuan Bell yang tiba di *Calista* pada tahun 1829, enam bulan lebih awal, dan bisa jadi itu dia. Dia diberikan tanah pada tahun 1834, tahun yang sama ketika dia menikahi Nona Steel, di mana mereka membangun Bell Cottage. Hampir delapan puluh tahun kemudian, setelah kebakaran hutan menghanguskan Bell Cottage, Sean Bell yang lain membangun Bell House, yang hingga kini masih berdiri. Tidak mungkin orang yang sama, karena usianya sudah lebih dari seratus tahun ketika Bell House dibangun. Namun, saya tidak dapat menemukan catatan kematian atau pemakaman untuk keduanya. Maksud saya, tidak ada catatan untuk orang pertama yang saya pahami karena catatan pemakaman pada awalnya tidak lengkap. Tapi Sean yang membangun Bell House akan berusia lebih dari seratus tahun sekarang, jika dia masih hidup, jadi seharusnya ada catatan modern tentang sesuatu, tapi tidak ada. Bahkan tidak ada tanggal atau tahun kematian mereka berdua." Dia menelan ludah. "Tidak ada tanggal kematian atau penguburan untukmu juga. Aku tahu kau bilang kau meninggal tahun 1834, tapi... tidak ada catatan tentang penguburan. Karena kami telah bekerja di lokasi Pemakaman East Perth, saya memiliki database lengkap semua orang yang dimakamkan di sana, sejak koloni ini dimulai, dan nama Anda tidak ada di sana."

Stan merentangkan tangannya lebar-lebar. "Saya tidak tahu harus berkata apa. Maafkan saya, tapi saya tidak ingat di mana tubuh saya dikuburkan. Saya sudah mati pada saat itu."

Dia mulai tertawa. "Ya Tuhan, tentu saja kamu. Saya hanya berpikir karena Anda muncul di Pemakaman Perth Timur, Anda pasti dikuburkan di sana. Atau mungkin kamu adalah salah satu dari pemakaman yang tidak terdokumentasi. Tanpa catatan dan nisan, jasadmu bisa saja dikuburkan di mana saja, dan kami tidak akan pernah menemukannya."

"Kenapa aku mau? Tubuh itu sudah mati. Yang ini sama kuatnya dengan milikku, bahkan mungkin lebih kuat. Cukup baik untuk menjadi pelindungmu, dan hanya itu yang aku butuhkan," kata Stan.

Dia menatapnya untuk beberapa saat. "Anda benar-benar tidak ingin menggali masa lalu, bukan? Aku telah menemukan sebuah anomali, sebuah celah dalam sejarah, banyak mayat yang hilang dan sebuah misteri yang ingin sekali kupecahkan, tapi kau, meskipun kau adalah pusat dari misteri ini, dan tubuhmu adalah salah satu yang kucari, kau tidak peduli. Satu-satunya bagian dari semua itu yang penting bagimu adalah mengapa Carline membunuhmu. Kamu seperti kebalikan dari diriku, dalam segala hal."

Jelas bukan Carline. Dia tidak percaya bahwa dia pernah salah mengira Alethia sebagai dirinya. "Tidak masalah. Yang penting adalah saat ini. Kenapa kau tidak bercerita tentang pria yang menguntitmu. Semakin aku tahu, semakin baik aku bisa melindungimu."

Dua Puluh Enam

"Jadi saya berlari sampai ke rumah," kata Alethia. "Dengar, saya mungkin tidak akan bereaksi sekuat itu di hari lain, tapi saya sudah panik, jadi saya lebih panik lagi. Sesampainya di rumah, saya menelepon anak-anak, yang mengatakan mereka akan datang, dan... yah... sekarang kamu ada di sini."

Ekspresi Stan tidak terlihat semakin gelap. "Saya akan menemukan orang ini, dan saya akan memastikan Anda tidak akan pernah melihatnya lagi."

"Kedengarannya tidak menyenangkan. Bagaimana tepatnya rencana Anda untuk melakukan itu?"

"Melalui cara apa pun yang diperlukan."

Itu terdengar lebih buruk. "Stan, saya perlu penjelasan yang lebih spesifik. Waktu telah berubah, dan hal-hal yang mungkin dapat diterima ketika Anda masih hidup... berbeda sekarang. Jadi, katakan padaku apa yang telah kamu rencanakan, dan aku akan memberitahumu apakah itu ide yang bagus atau tidak."

"Hal-hal seperti itu tidak pantas didengar oleh seorang wanita," kata Stan dengan tegas.

"Tidak ada wanita di sini, buster. Aku menggali mayat untuk mencari nafkah. Aku telah melihat hal-hal yang bahkan tak bisa kau bayangkan, dan bukan hanya di film." Dia bangkit berdiri, lalu meringis saat pergelangan kakinya protes. "Sekarang, apakah kau pelindungku atau bukan?"

Stan menundukkan kepalanya. "Seperti yang selalu kukatakan padamu, aku adalah pelindung iblismu. Terikat untuk melayanimu."

"Nah, bisakah Anda lihat pergelangan kaki saya membengkak? Orang yang paling terancam saat ini adalah saya sendiri. Saya selalu lupa bahwa saya sedang cedera dan mencoba berjalan di atasnya."

Stan menggendongnya ke dalam pelukannya dan berjalan menyusuri lorong. "Kalau begitu, aku akan menggendongmu ke tempat tidur, dan memastikan kamu tetap di sana."

"Uh huh, dan siapa yang akan memasak sementara aku terjebak di tempat tidur? Gendong aku ke sofa. Ini hari Sabtu pagi. Aku yakin aku bisa menghabiskan hari ini dengan menonton banyak hal, dan mungkin memberitahumu betapa dunia telah berubah sejak terakhir kali kamu menjadi bagian darinya. Dudukkan saya di sana dan berikan remote-nya."

Stan menurunkannya, lalu berdiri di depannya, tampak bingung.

"Apa yang sedang kamu lakukan?" tanyanya. Sekarang ada dinding otot bersayap di antara dia dan TV.

"Melindungi Anda dari diri Anda sendiri."

Dia harus tertawa mendengarnya. "Anda bisa melakukan itu dan menonton TV, Anda tahu. Duduklah di sini, di sebelah saya." Dia menepuk sofa di sampingnya.

"Itu tidak akan terlihat."

Alethia menghela napas. "Dengar, Stan, aku tahu segalanya berbeda pada zamanmu. Berduaan saja denganku semalam sudah cukup untuk menghancurkanku, menurut standar waktu kamu, kan?"

Dia bergeser berdiri dan tidak mau menatap matanya. "Ya, tapi tidak ada yang tahu saya ada di sini, jadi reputasi Anda aman. Jika saya duduk di samping Anda, seorang wanita yang belum menikah, itu tidak akan terlihat."

"Oke, kalau begitu... jadi, kalau kamu tidak mau duduk di sofa, mungkin di lantai? Jadi kita berdua bisa melihat layar."

Tatapan Stan mengikuti jari telunjuknya. "Tapi gambar-gambar itu sudah tidak ada lagi di papan tulis."

Alethia melambaikan remote control. "Aku bisa membawanya kembali. Ingatlah, jika Anda memutuskan untuk tidak menggunakan sofa itu, masih ada banyak ruang untuk Anda."

"Saya tidak akan berubah pikiran."

"Terserah Anda."

Dia membolak-balik pilihannya. Ia sudah siap untuk menonton *Supernatural* bersama para gadis tadi malam, tapi rasanya tidak sensitif untuk menonton Winchester membunuh iblis ketika ada iblis yang sebenarnya di ruangan itu yang telah menjadi pria yang sempurna sejak pertama kali muncul. Mungkin sesuatu yang supernatural tanpa huruf besar S. Dia mengklik saran, dan kemudian harus menahan tawa. Seorang pria dari masa lalu yang tiba-tiba berada di masa sekarang, berkat bantuan supranatural... ya, *Sleepy Hollow* akan bekerja dengan baik. Sudah lama sekali sejak dia menontonnya, dan dia ingat pernah menyukainya.

Kurang dari satu menit, Stan melipat kedua tangannya di depan dada. "Bagaimana ini mungkin? Melihat pertempuran dari masa lalu seolah-olah kita hanya melihat ke luar jendela."

Ya, tombol jeda akan berolahraga hari ini.

"Ini tidak nyata. Itu... aktor dengan kostum, dengan senjata pura-pura. Seperti dalam sebuah drama. Hanya kamera - perangkat yang sama yang mengambil gambar pegunungan yang Anda lihat di laptop saya - yang merekamnya, jadi kami bisa menontonnya lagi kapan pun kami mau."

"Tapi ini terlihat nyata."

"Para aktor dan kru film melakukan pekerjaan yang sangat bagus."

Dia menunggu untuk melihat apakah dia memiliki pertanyaan lagi, sebelum dia mengizinkan pertunjukan itu diputar lagi.

Huh. Dia lupa bahwa sang pahlawan harus menggali jalan keluar dari kuburnya sendiri. Apakah Stan harus melakukan itu? Apakah itu sebabnya dia tidak khawatir tentang di mana tubuhnya dikuburkan, karena tidak ada tubuh yang tersisa untuk ditemukan? Semua kuburan kosong di pemakaman itu... berapa banyak yang kosong karena mereka telah dipanggil sebagai iblis? Alethia menggigil. Hal semacam ini adalah hal yang biasa terjadi di Amerika, atau Eropa Timur, atau di film-film, tapi tidak di Australia Barat.

"Itu adalah kereta tanpa kuda yang modern, bukan?"

Alethia harus memaksa pikirannya untuk kembali ke apa yang ada di TV. Dia mengangguk. "Ya. Sebuah truk dan mobil, masing-masing, di jalan raya modern, seperti yang kita lalui saat kau membawaku pulang."

"Tapi ini lebih mirip novel gothic, ya? Ini tidak nyata?"

"Seperti novel, atau drama, ya."

"Jadi, orang yang tidak memiliki kepala itu ada lah...?"

Alethia menyeringai. "Legenda Amerika, dari kisah yang sama tuanya dengan Anda, saya yakin."

"Saya mendengar cerita tentang seorang penunggang kuda yang membawa kepalanya di dalam kantong pelana ketika saya masih kecil, di Skotlandia. Dalam beberapa cerita, dia adalah seorang pria, terbunuh dalam salah satu pertempuran antar klan untuk memperebutkan pulau. Dalam cerita lainnya, dia sama sekali bukan manusia, melainkan makhluk fae yang mengumpulkan orang mati. Ada juga Sir Gawain dan Ksatria Hijau, sebuah kisah yang lebih tua dari penemuan benua Amerika. Ibu saya sangat menyukai kisah ini, dan saya membacanya berkali-kali."

Alethia berkedip. Bagi seorang pria yang mengaku hanya bisa mengingat saat-saat terakhirnya, itu adalah banyak sekali kenangan baru... tanpa menyebut nama Carline. Setidaknya, ia telah membuat pilihan acara TV yang bagus untuk Stan.

"Ada begitu banyak lampu di zaman Anda. Di gerbong kereta, di seluruh rumah, di jalan-jalan! Satu-satunya saat saya melihat begitu banyak lampu adalah ketika kami pergi ke Glasgow, dan itu adalah lampu gas, kata ayah saya, membakar gas yang berasal dari batu bara."

"Ya, lampu gas memang sempat populer, tetapi sekarang sebagian besar penerangan menggunakan listrik. Seperti... petir, tapi melalui kabel. Saya pernah mempelajari cara kerjanya di kelas sains SMA, tapi itu sudah lama sekali, jadi saya tidak yakin bisa menjelaskannya lebih baik lagi kepada Anda."

Stan menyeringai ke arahnya. "Saya juga tidak bisa menjelaskan cara kerja lampu gas. Itu bukan sesuatu yang perlu diketahui oleh anak petani Skotlandia."

Ah, jadi begitulah cara iblis berakhir dengan aksen Skotlandia. Sebenarnya, dia tidak terlihat seperti iblis sekarang. Butuh beberapa saat baginya untuk menyadari mengapa.

"Sayapmu hilang!"

Stan mengangkat bahu, matanya tertuju pada layar TV. "Saya menyingkirkannya. Lebih mudah untuk duduk dan bersandar di kursi tanpa mereka. Sama halnya dengan ekornya."

Dia juga telah menghilangkan tanduknya, dan tanpa semua bagian ekstra, dia terlihat hampir seperti manusia. Yah, masih seksi sekali dalam keadaan bertelanjang dada, tapi jenis seksi yang membuatnya berharap pria itu akan bergabung dengannya di sofa, dan kemudian satu hal akan mengarah ke hal lain, dan...

Berhentilah mengutak-atik pelindung iblismu, dia memarahi dirinya sendiri. Jika dia sedikit saja tertarik, dia pasti sudah berada di sofa.

Dua Puluh Tujuh

Setelah beberapa jam menonton televisi, Alethia memanggil televisi, ia meregangkan badannya dan berkata, "Waktunya makan siang, kurasa. Apa kamu yakin aku tidak bisa membawakanmu sesuatu?"

"Tidak, tapi aku harus menggendongmu ke dapur." Dia tahu apa yang mereka saksikan tidaklah nyata, tetapi ada satu bagian yang dia harapkan nyata, karena dia tidak akan merasa begitu tidak berguna jika itu nyata. Dia mungkin akan berpikir bahwa dia konyol, karena meminta bantuannya, tapi... "Maukah Anda menunjukkan kepada saya bagaimana cara menggunakan benda-benda di dapur Anda? Jika saja aku tahu cara kerja mesin kopimu, atau bahkan mungkin kompormu, aku mungkin bisa melakukan beberapa pekerjaan, untuk menjauhkanmu dari pergelangan kakimu."

"Maksud Anda, seperti jika saya menempelkan catatan tempel pada segala sesuatu dengan instruksi tentang cara menggunakannya? Saya sebenarnya memikirkan hal itu saat melihatnya, hanya saja saya tidak yakin apakah orang tua saya memiliki catatan tempel di rumah. Mungkin di kantor Ayah..."

"Aku akan menggendongmu ke sana terlebih dahulu." Jika dia bersedia, dia akan melakukan segalanya untuk membuatnya lebih mudah baginya. Dia harus menjadi pelindung yang terbaik, yang berarti menyesuaikan diri dengan berbagai perangkat aneh saat ini.

Di sebuah ruangan yang lebih mirip perpustakaan daripada kantor, setidaknya menurut Stan, Alethia menemukan sebuah buku catatan kecil yang menurutnya cukup bagus, bersama dengan sesuatu yang disebutnya pena yang tidak terlihat seperti alat tulis yang pernah dilihat Stan sebelumnya. Namun, ketika Stan meletakkannya di salah satu kursi di meja makan, Alethia langsung mulai menulis dengan pena itu, tanpa terlihat ada tempat tinta.

Satu lagi penemuan modern yang ajaib yang tidak bisa ia pahami.

Setiap kali dia merobek sebuah halaman, dia akan memberikannya kepadanya untuk ditempel di tempat yang tepat. Di atas mesin pembuat kopi. Di atas kompor. Di lemari es, di mana pun itu. Lemari es. Keran air. Ketel.

"Saya rasa mesin pencuci piring mungkin agak terlalu rumit untuk dijelaskan dalam satu catatan tempel. Mungkin saya akan membiarkannya sampai kami mengisinya atau kehabisan piring dan benar-benar menggunakannya."

Stan hampir tidak bisa mempercayai apa yang didengarnya. "Ada perangkat yang mencuci piring untuk Anda?"

"Ya, dan satu lagi untuk mencuci pakaian. Bahkan yang bisa menjemur pakaian, yang merupakan berkah tersendiri di sini, di mana tidak ada ruang di balkon untuk jemuran. Tidak seperti di tempat saya dulu tinggal, di mana Anda dapat mengubah seluruh beranda menjadi tempat jemuran, baik saat hujan, hujan es, maupun cerah."

"Kalau saja ada perangkat yang bisa memasak semua makanan untuk Anda, maka para wanita tidak perlu melakukan pekerjaan di dapur lagi!" Stan berseru.

Alethia tampak tidak nyaman. "Ibu punya sesuatu seperti itu. Sesuatu yang diracik, aku pikir itu namanya. Alat itu berfungsi untuk menyiapkan, memasak, dan mengaduk makananmu, jika kamu memasukkan bahan yang tepat. Saat itulah Ibu menggunakannya. Saya tidak pandai memasak, dan saat saya mencobanya, alat ini terus berbunyi dan mengatakan bahwa saya melakukan kesalahan. Saya akhirnya memutuskan bahwa satu-satunya kesalahan saya adalah karena saya mengira saya bisa memasak dengan alat ini, jadi saya memesan pizza. Mungkin itu juga yang akan saya lakukan malam ini, kecuali jika Anda memiliki keahlian memasak yang luar biasa yang belum Anda ceritakan kepada saya?" Sekarang dia tampak penuh harapan.

Dia tidak suka mengecewakannya. "Saya bisa membuat rebusan ikan di dalam panci di atas api, sebagian besar tanpa membakarnya. Saya juga bisa menangkap dan membuang isi perut ikan."

Dia tertawa. "Itu secara resmi membuat Anda menjadi juru masak yang lebih baik dari saya."

"Kamu belum pernah mencicipinya." Dia juga tidak bisa mengingat rasanya. Dia hanya tahu bahwa dia telah menelannya karena hanya itu atau tidak sama sekali, dan dia sangat bertekad untuk hidup, untuk sukses, sehingga dia akan melakukan hampir semua hal untuk memastikannya. Dan itu masih belum cukup. Carline telah membunuhnya, dan menikah dengan pria lain. Apa lagi yang bisa dia lakukan yang belum dia lakukan?

"Apa maksudmu?" Alethia bertanya sambil mengernyitkan hidungnya karena bingung.

Terlambat, Stan menyadari bahwa dia telah mengucapkan kata-kata itu dengan keras. Dia membuka mulutnya untuk mengatakan bahwa itu bukan apa-apa, dan untuk melupakan apa yang telah dia katakan, tetapi sesuatu memberitahunya bahwa keingintahuan Alethia tidak akan mudah dibelokkan.

Benar saja...

"Anda bertanya apa lagi yang bisa Anda lakukan yang belum Anda lakukan. Saya tidak bisa menjawabnya kecuali Anda memberi tahu saya apa yang telah Anda lakukan, dan mengapa Anda melakukannya. Saya mungkin tidak bisa membantu, terutama jika itu berkaitan dengan memasak, tapi setidaknya saya bisa mencoba!" Dia melipat tangannya di dadanya, ekspresinya yang muluk-muluk mengatakan bahwa dia tidak akan bisa melanggar perintah ini. "Sekarang, jelaskan."

Stan menelan ludah. Meskipun Alethia tidak terlihat seperti ibunya, ia teringat saat ia merobek celananya ketika ia tidak mampu menggantinya. Ukuran dan kekuatan tidak ada artinya ketika seorang wanita dapat menimbulkan teror hanya dengan nada suaranya.

"Saya melakukan semua yang saya bisa untuk menjadikan diri saya seorang suami yang layak bagi Carline, dan itu tidak cukup," katanya pelan. "Bahkan memasak dan memakan rebusan ikan busuk itu selama berbulan-bulan saat kami berkemah di Clarence Town. Tidak ada yang tidak akan saya lakukan, namun semua yang saya lakukan tidak cukup untuk menyelamatkannya dari dinikahkan dengan orang lain. Saya bertanya-tanya apa lagi yang bisa saya lakukan untuk membuatnya menjadi istri saya."

Alethia menggigit bibirnya dan mengulurkan tangannya kepadanya. Sejenak, dia ragu-ragu, sebelum dia menggenggam tangan kecilnya. Tangan yang kuat, dengan segala kelembutan dan ukurannya yang kecil. Kemudian dia menatapnya dan dia terperangkap dalam tatapannya, seperti ngengat dalam api batinnya yang tak dapat dijelaskan.

"Saya tidak tahu mengapa beberapa hubungan gagal, sementara yang lain bertahan seumur hidup. Mengapa seseorang berpikir bahwa orang lain adalah belahan jiwanya, padahal orang tersebut sama sekali tidak memiliki perasaan terhadap orang yang pertama. Saya tidak dapat berbicara untuk Carline, karena saya tidak pernah bertemu dengannya. Tapi saya tahu bahwa terkadang dua orang tidak ditakdirkan untuk bersama, tidak peduli seberapa besar keinginan salah satu dari mereka. Pria yang menguntit saya yakin bahwa kami adalah jodoh, dan saya tahu bahwa kami bukan jodoh. Tidak ada yang bisa dia lakukan untuk meyakinkan saya. Mungkin sama halnya dengan Anda dan Carline. Tidak ada percikan api..."

"Tapi saya bahkan tidak pernah mengetahuinya! Saya bahkan tidak pernah bisa berbicara dengannya!" Stan berkata. "Jika saya memiliki kesempatan untuk merayunya, bahkan untuk satu menit saja..."

"Bagaimana mungkin Anda bisa jatuh cinta pada seseorang yang bahkan belum pernah Anda ajak bicara?" Alethia bertanya.

"Aku hanya tahu! Sejak aku melihatnya... " Stan menelan ludah. Itulah mengapa jantungnya berdegup kencang setiap kali ia melihat Alethia, karena wanita itu sangat mirip dengannya. Bahkan jika dia ... lebih lembut.

Alethia menghela napas. "Dengar, jika ini adalah novel roman, aku akan mempercayaimu, karena cinta pada pandangan pertama dan instalove pasti ada di dalamnya, tapi ... bahkan jika itu memang ada di kehidupan nyata, itu harus menjadi hal yang bersifat dua arah agar bisa berhasil. Aku akan beritahu kau. Saya akan melihat lagi beberapa sumber yang tidak jelas setelah makan siang, dan melihat apakah ada yang saya lewatkan. Yah, selain yang sudah jelas, tentu saja."

Stan tidak mengerti setengah dari apa yang dikatakannya. "Apa yang sudah jelas?" tanyanya.

"Dia menikah dengan Sean Bell, dan mereka membangun Bell Cottage, yang kemudian digantikan oleh Bell House. Carline dan suaminya adalah kakek-nenek buyut saya. Mungkin itu sebabnya saya mengingatkan Anda tentang dia."

Stan mundur. Cucu perempuan Carline? Itu membuat Alethia semacam sepupu. Lebih jauh dari Carline, tapi tetap saja... keluarga. Tentu saja dia harus melindunginya.

"Apa pun yang kamu temukan, aku akan melindungimu," janjinya, karena ia tahu Carline akan menyetujuinya.

Dua Puluh Delapan

Alethia terbangun dengan kepala bertumpu pada sesuatu yang lebih keras daripada bantal biasanya, meskipun selimut hangat di bahunya terasa sangat lembut. Ia mengerjap, lalu mengerjap lagi sebelum pikirannya berhasil membungkus kenyataan: suatu waktu di sore hari, Stan telah bergabung dengannya di sofa, dan ia kini menggunakan dadanya sebagai bantal, sementara Stan mengalungkan sayapnya, yang secara ajaib muncul kembali, di sekelilingnya, dalam bentuk kepompong kasar yang membuatnya iri pada ulat dengan cara yang sama sekali baru.

TV sempat mati dengan sendirinya pada suatu saat. Dia mungkin seharusnya memberi tahu Stan bagaimana cara kerja remote control. Kemudian lagi, dia tidak benar-benar berharap untuk tertidur di atasnya dan menjepitnya di sofa selama berjam-jam tanpa ada yang bisa ditonton.

"Jam berapa sekarang?" gumamnya.

"Sekarang pukul 6:35 sore, menurut jam itu." Suaranya yang bergemuruh di telinganya membuat bulu kuduknya merinding. Jika dia menambahkan sesuatu tentang waktu yang tepat untuk menonton Netflix dan bersantai, dia akan mengangkangi pria itu dalam sekejap.

Tenang, gadis, kata Alethia pada dirinya sendiri. Butuh waktu berjam-jam baginya untuk setuju berbagi sofa dengannya. Tidak mungkin dia akan setuju untuk melakukan hubungan seks dalam waktu dekat.

Alethia menghela napas. "Saya mungkin harus membuat makan malam. Ooh, tidak, aku akan memesan pizza, bukan? Bisakah Anda mengambil laptop saya?"

Apakah dia sedang membayangkannya, atau apakah pria itu sama enggannya dengan dia untuk mengakhiri pelukan mereka? Dan tonjolan di celana jinsnya... tidak, dia telah melihat semuanya tadi malam. Dia memang bertubuh besar, itu saja.

Itu tidak berarti dia sangat ingin bercinta seperti dirinya.

"Apakah Anda yakin saya tidak bisa memberikan sesuatu?" tanyanya sambil mengarahkan kursor ke tombol SUBMIT ORDER.

"Iblis tidak membutuhkan makanan."

"Ya, tapi... bukankah kamu masih menginginkannya? Maksudku, tempat pizza di sini benar-benar enak. Lebih baik dari tempat saya dulu tinggal. Lebih mahal juga, tapi harganya sepadan. Itulah sebabnya saya biasanya makan satu atau dua potong lebih banyak dari yang saya butuhkan, karena rasanya sangat enak."

Stan hanya menggelengkan kepala, lalu dia mengetuk panel sentuh untuk melakukan pemesanan, lalu meraih remote. "Kita masih punya waktu untuk satu episode lagi sebelum pizzanya tiba, kalau kamu mau?"

Stan menatapnya. "Mengapa Anda ingin menonton sesuatu yang hanya akan membuat Anda tertidur?"

Alethia tidak dapat mengingat kapan terakhir kali ia tertidur di depan TV, tidak peduli apa yang ia tonton. Pasti karena obat pereda nyeri yang diminumnya setelah makan siang, yang sudah habis, dilihat dari rasa sakit di pergelangan kakinya saat ia bergerak. "Obat yang saya minum itulah yang membuat saya tidur. Saya akan tetap terjaga, apa pun yang kami tonton, saya bersumpah."

Benar saja, kredit episode baru saja muncul ketika interkom berbunyi untuk mengumumkan pengantar pizza.

"Bisakah Anda menekan tombol untuk membuka gerbang?" Alethia bertanya. Ketika Stan hanya menatapnya dengan bingung, dia berkata, "Ini, angkat saja saya dan gendong saya ke pintu, jadi saya bisa tunjukkan."

Si pengantar pizza yang malang itu mengintip ke layar video, mungkin mengutuknya dalam hati karena memakan waktu begitu lama, jika cemberutnya yang dalam bisa menjadi bukti.

Merasa lebih mirip seorang putri dongeng daripada dirinya sendiri, Alethia menekan tombol interkom. "Hai, saya sedang menunggu Anda." Sesaat kemudian, pengantar pizza itu menghilang dari tangga depan.

"Lebih banyak keajaiban seperti TV dan laptop Anda?" Stan menuntut.

Alethia tertawa pelan. "Teknologi lebih dari sekadar sulap, tapi saya mengerti bahwa ini mungkin tampak seperti sulap bagi Anda. Kali ini, kamera ada di pintu depan, dan gambarnya langsung muncul di layar kecil ini saat Anda menekan tombol. Anda mungkin harus menurunkan saya, sehingga Anda bisa membukakan pintu dan tangan Anda bebas untuk mengambil pizza. Ah... meja makannya, tolong."

Pada saat dia membantunya mengeluarkan piring dan minuman, sebuah ketukan tentatif terdengar di pintu.

"Apa yang harus saya lakukan?" Stan bertanya. "Saya tidak ingin mengorbankan Anda, tetapi Anda tidak bisa berjalan tanpa bantuan saya."

Alethia berjuang untuk tidak tertawa. "Buka saja pintunya, ambil kotak-kotaknya, ucapkan terima kasih, dan tutup kembali pintunya. Semua akan baik-baik saja."

"Tapi apakah Anda tidak perlu membayar makanan Anda? Saya tidak punya uang dari waktu Anda atau waktu saya."

Stan yang malang. Dia sangat ingin memeluknya, tapi jarak dua meter di antara mereka mungkin adalah seluruh Claisebrook Cove - terlalu jauh untuk dijangkau. "Jangan khawatir, saya sudah membayarnya."

"Bagaimana?"

"Pembayaran kartu kredit online." Melihat ekspresi kebingungannya, dia menambahkan, "Sihir."

Cemberutnya semakin dalam. "Saya bukan orang bodoh. Saya tahu tentang kredit. Jika Peel tidak memiliki kredit yang baik dengan para pemasoknya di Fremantle, dia akan makan lebih banyak sup ikan bersama kami yang tidak memiliki hak istimewa seperti itu. Apakah karena Anda adalah cucu Carline, maka para pemilik toko memberikan kredit kepada Anda?"

Ketukan itu terdengar lagi, kali ini lebih keras. "Pizza untuk Alethia Bell!"

"Tolong ambilkan pizza saja. Saya butuh makanan sebelum saya bisa menjelaskan perbedaan antara perbankan Regency dan cara kerjanya di masa kini."

Stan membuka pintu, mengagetkan pengantar pizza itu. "Apa ini makanan Nona Bell?" tanyanya.

"Uh, ya." Pengantar pizza itu mengeluarkan kotak-kotak itu dari dalam tas dan menyodorkannya ke dada Stan. "Selamat malam, kawan," panggilnya dari balik bahunya sambil bergegas menuju tangga.

Stan menatap kotak-kotak di tangannya, lalu ke arah pengantar pizza yang melarikan diri. "Jika kamu telah meracuni atau mengutuk makanan ini, aku akan memburumu dan memastikan kamu menyesal!" Stan memanggilnya.

"Stan, tolong tutup pintunya dan bawa ke sini. Itu tidak diracuni atau dikutuk, tapi dia tidak akan mengantar ke sini lagi jika Anda mengancamnya seperti itu. Kalau begitu kamu harus mengambilnya dari toko, atau aku saja, dan bahkan saat pergelangan kakiku sudah sembuh, aku tidak akan mau berjalan jauh-jauh dalam kegelapan hanya untuk mengambil pizza yang sudah dingin saat aku sampai di rumah, dan kebetulan aku suka pizza mereka."

Sambil menggerutu, Stan menurut, sebelum mendudukkan dirinya di kursi makan di seberang wanita itu, dengan tangan terlipat di dadanya dan cemberut yang begitu dalam sehingga alisnya bertemu di hidungnya.

Alethia mengambil dua potong dan meletakkannya di atas piring, lalu melambaikan tangan di hadapannya. "Jika Anda bisa mencicipinya, Anda akan mengerti."

Stan mengendus. "Baunya... enak sekali."

"Masih ada cukup untuk Anda, jika Anda menginginkannya."

Tapi dia hanya menggelengkan kepalanya.

"Kamu adalah iblis yang keras kepala, Stan, kamu tahu itu? Aku yakin kau juga seorang yang keras kepala." Sebuah pemikiran tiba-tiba muncul di kepalanya, dan sebelum dia dapat mempertimbangkan dengan baik konsekuensinya, dia berkata, "Jadi, apa yang sebenarnya kamu lakukan untuk mendapatkan tempat di neraka? Pasti sangat buruk, menjadi iblis dan sebagainya."

Stan menggumamkan sesuatu di dalam hati. Satu-satunya kata yang bisa didengar Alethia adalah "mencuri" dan "Carline".

"Apa itu tadi? Kamu mencoba mencuri dari Carline? Apa yang kau curi darinya? Pasti sangat berharga baginya untuk membunuhmu. Atau untuk membuatmu mendapat tempat di neraka. Maksudku, mencoba mencuri sesuatu tidak seburuk itu. Ini tidak seperti pembunuhan atau.. ." Oh sial. Bagaimana jika...? Dia harus memilih kata-katanya dengan hati-hati sekarang. "Stan, apa kau melakukan sesuatu pada Carline? Apakah kau menyakitinya?"

Wajah Stan menjadi sepucat kotak pizza. "Aku tidak. Aku tidak pernah..." Dia mengepalkan kedua tangannya dan meninju dinding.

Alethia menutupi kepalanya dengan kedua tangannya, berharap akan dihujani plester, tetapi dia tidak mendengar suara benturan. Bahkan, dia tidak mendengar apa pun. Ketika dia mengangkat kepalanya, Stan tidak terlihat.

Dua Puluh Sembilan

Tidak. Dia tidak pernah berbicara dengan Carline, apalagi menyentuhnya. Dia tidak pernah menyakitinya. Tidak pernah. Dia berniat menculiknya untuk menjaganya tetap aman.

Lalu apa yang telah ia lakukan untuk mendapatkan tempat di neraka?

Mengapa dia tidak bisa mengingatnya? Apakah karena dia telah melakukan sesuatu yang mengerikan, sesuatu yang akan membenarkan ketakutan yang dia lihat di mata Alethia ketika dia bertanya apa yang telah dia lakukan? Dia adalah pelindungnya, sama seperti dia ingin menjadi pelindung Carline. Dia tidak akan pernah melakukan sesuatu yang begitu mengerikan...

Namun di sinilah dia, seorang iblis.

Stan hampir tidak sadar telah melangkah melewati tembok itu hingga ia melangkah keluar lagi, ke apartemen berikutnya. Wanita Tionghoa yang tinggal di sana membelakanginya saat dia menonton TV dari sofa, suara dari program tersebut menenggelamkan suara apa pun yang dia buat, tetapi jika dia berbalik... Stan menyelinap kembali ke dalam tembok, pikirannya masih berputar-putar dengan pikiran-pikiran yang tidak dia inginkan.

Dia tidak bisa. Dia tidak akan. Dia tidak akan pernah...

Tetapi kenangan malam itu tidak menjadi lebih jelas.

Akhirnya, ia mengembuskan napas. Apapun yang telah terjadi malam itu, dia tidak bisa mengubahnya. Carline telah membunuhnya, dan yang bisa ia lakukan sekarang hanyalah menjadi pelindung terbaik, dengan harapan ia bisa keluar dari neraka. Namun untuk melakukan itu, dia membutuhkan Alethia untuk mempercayainya, bukan takut padanya.

Stan keluar dari dinding. Alethia masih duduk di meja makan, tempat dia meninggalkannya, meskipun pizza di piringnya sudah habis.

Dia berlutut di sampingnya, menggenggam kedua tangannya.

Dia berterima kasih kepada setiap dewa di alam semesta karena dia tidak menarik diri, meskipun matanya membelalak karena terkejut. Terkejut, bukan takut, katanya pada dirinya sendiri, meskipun dia tidak sepenuhnya percaya.

"Alethia, aku bersumpah padamu, satu-satunya tujuanku di sini adalah untuk melindungimu. Apa pun yang mungkin telah saya lakukan di masa lalu untuk mendapatkan tempat di neraka, itu tidak ada apa-apanya dibandingkan dengan apa yang akan saya lakukan kepada siapa pun yang mengancam Anda. Aku tidak pernah menyentuh Carline, aku juga tidak melakukan apapun untuk menyakitinya. Aku hanya berharap aku tahu mengapa dia membunuhku. Kamu adalah satu-satunya orang yang bisa membantuku mencari tahu, dan aku mohon jangan menyerah padaku. Aku akan melindungimu, seperti yang telah kujanjikan, jika kau mengizinkanku melakukannya."

Matanya menyipit. "Ada sesuatu yang tidak kau katakan padaku, bukan? Aku memanggilmu, yang berarti pasti ada cara bagiku untuk memberhentikanmu. Untuk mengirimmu kembali ke neraka, jika aku tidak lagi membutuhkanmu."

Dia tidak pernah mengetahuinya sebelumnya, tetapi sesuatu di dalam dirinya tahu bahwa kata-kata wanita itu benar. Dia membungkuk rendah di atas tangannya, begitu rendah sehingga dia bisa melihat ubin lantai di antara jari-jarinya. "Tolong jangan kirim saya kembali. Aku butuh kesempatan ini untuk menebus diriku sendiri. Untuk menunjukkan... untuk menunjukkan bahwa aku tidak sepenuhnya terkutuk. Bahwa aku bisa melindungimu, seperti yang sudah kujanjikan. Kumohon, Alethia, nyonyaku, aku mohon padamu. Aku akan melakukan apapun yang kau minta."

"Stan." Dia menarik-narik tangannya, mencoba membebaskannya dari genggamannya.

Dia tidak berani melepaskannya. "Tolonglah," dia memohon.

"Stan." Terdengar lebih mendesak sekarang, saat dia menariknya lebih keras. "Maukah kau bangun dari lantai, tolong?"

Baru sekarang dia menyadari bahwa wanita itu tidak mencoba menarik tangannya, tetapi menariknya ke atas.

Air mata membasahi pipinya, namun ia tetap tersenyum. "Saya tidak yakin saya akan pernah cukup kejam untuk mengirim seseorang ke neraka, apalagi Anda, setelah semua yang telah Anda lakukan untuk saya. Saya baru mengenal Anda kurang dari sehari, dan saya benar-benar bisa melihat bahwa saya sudah terbiasa dengan keberadaan Anda. Saya rasa ini adalah hari pertama saya tidak benar-benar gila, terjebak di apartemen ini sendirian, sejak pandemi dimulai. Sekarang semuanya ada padamu. Bahkan, jika itu terserah saya, saya akan senang jika Anda tinggal bersama saya selama yang Anda inginkan. Tidak akan kembali ke neraka sama sekali." Dia menatapnya dengan tajam, dan dia dapat merasakan but melayang di ujung lidahnya. "Tapi kamu harus berjanji padaku bahwa kamu akan melindungiku, dan selama kamu ada di sini, aku tidak akan berada dalam bahaya darimu."

Jantung Stan berdegup kencang di dalam dadanya, seakan-akan masih berdetak, padahal dia tahu itu tidak benar. Alethia adalah wanita paling manis dan paling baik yang pernah dia temui. Belum lagi kecantikannya yang menyaingi Carlin e...

Dia membawanya masuk, dari pergelangan kakinya yang anggun, hingga kakinya yang indah, yang begitu jelas tergambar dalam celana ketatnya, hingga pinggulnya yang membengkak, melengkung sampai ke sepasang payudara ilahi yang cukup besar untuk tumpah dari tangannya jika dia diberkati untuk memegangnya. Bibirnya, sedikit terbuka lebar di bawah mata yang lebar dan penuh tanya, seolah-olah siap untuk memberikan ciuman terlarang...

Dia akan memberinya seribu ciuman, jika dia memintanya.

Dan pada saat itu, dia tahu dosa yang telah mengirimnya ke neraka. Itu adalah nafsu, murni dan sederhana. Dia bernafsu pada Carline sejak pertama kali melihatnya. Memimpikannya di tempat tidurnya, atau di tempat tidurnya, mengklaimnya sebagai miliknya.

Alethia, kembaran Carline meskipun dua abad memisahkan mereka, membangkitkan nafsunya seperti halnya Carline. Lebih banyak, mungkin, karena dia telah menyentuh Alethia, dan setiap kali dia berada dalam pelukannya, semakin besar godaan yang tumbuh untuk membelai Alethia layaknya seorang kekasih.

Mencurinya untuk dijadikan pengantin, seperti yang dia harapkan untuk mencuri Carline.

Tapi kali ini dia tidak akan menyerah pada godaan, kata Stan pada dirinya sendiri. Dia akan menjadi teladan kebajikan, bukannya iblis yang dipenuhi nafsu, dan dengan cara itulah dia akan mendapatkan penebusan. Dengan melindungi Alethia dari orang lain... dan juga dirinya sendiri.

"Stan"? Tolong jawab aku. Apa aku dalam bahaya bersamamu?"

Saat nafsu yang tak terpadamkan membakar tubuhnya, Stan menatap mata wanita itu dengan penuh kepercayaan. "Tidak," dia berbohong.

Tiga Puluh

"Apakah Anda ingin menonton TV lagi?" Stan bertanya. Dia tampak bangga pada dirinya sendiri karena telah mengingat kata-kata yang benar, dan lebih bangga lagi ketika dia mengambil remote dan berhasil membuat layar menyala.

"Sebenarnya, saya lebih suka mendengarkan buku audio sebelum tidur. Tapi jika Anda ingin menonton sesuatu, silakan saja. Jika Anda memiliki pertanyaan tentang apa yang Anda lihat, tulislah, dan saya akan mencoba menjawabnya di pagi hari," kata Alethia, sambil menyodorkan buku catatan dan pena ke arahnya.

Stan mengerutkan kening. "Apa yang dimaksud dengan buku audio?"

"Rekaman seseorang yang membacakan buku ini dengan keras. Ibu saya membelikan saya seluruh seri dalam bentuk buku cetak untuk Natal karena beberapa gadis di tempat dia bekerja mengoceh tentang hal itu, tetapi saya melihat bahwa itu tersedia dalam bentuk buku audio, jadi saya membelinya untuk didengarkan. Ketika saya pertama kali mulai mendengarkan, saya sedang bekerja dan menemukan sesuatu yang mengganggu, jadi saya belum benar-benar mendengarkannya lagi. Tapi sekarang saya tahu Anda adalah hal yang paling menakutkan di pemakaman, dan Anda di sini melindungi saya, saya mungkin cukup berani untuk mencobanya." Dia melirik ke arah bangku, tapi ponselnya tidak ada di atas charger. "Sial, aku pasti meninggalkannya di saku celanaku tadi malam. Bisakah Anda membantu saya ke kamar tidur? Saya seharusnya bisa mengaturnya dari sana. Semuanya hanya berjarak beberapa langkah dari tempat tidur."

Alisnya terangkat. "Kau ingin aku menggendongmu ke tempat tidur?" Suara itu lagi, seperti pikirannya mengarah ke pikirannya.

"Jika tidak terlalu merepotkan," kata Alethia.

Dia mengangkatnya seolah-olah beratnya tidak seberapa. "Tidak ada yang kamu minta yang terlalu merepotkan. Aku adalah milikmu untuk diperintah."

Untuk sesaat, dia mempertimbangkan untuk memerintahkannya bergabung dengannya di tempat tidur. Namun, tidak lebih dari itu, karena segala sesuatunya harus memiliki semacam perkembangan alami, belum lagi persetujuan. Bukan berarti dia akan mengatakan tidak jika dia menyarankan... sesuatu...

"Di sini?" tanyanya, sambil membaringkannya di ujung tempat tidur.

"Tentu, bisakah Anda mengambilkan celana yang saya pakai kemarin?"

Ya, ada ponselnya, di dalam saku celana jinsnya. Dengan baterai mati. Alethia bersumpah. Tidak ada buku audio untuknya malam ini, kalau begitu.

"Dapatkah Anda membantu saya menaruh ini pada pengisi daya?" Dia mempertimbangkan untuk mencoba menjelaskan, tetapi akan lebih mudah untuk menunjukkan kepadanya. "Gendong saya kembali ke dapur sebentar."

Baru setelah ponselnya kembali terisi daya dan ia duduk di tempat tidur, ia menyadari bahwa membaca buku adalah satu-satunya pilihannya sekarang. Dia meraih sebuah buku.

"Saya bisa membacakan untuk Anda, jika Anda mau."

Jika dia melakukannya di That Voice, tidak mungkin dia akan menolaknya. Tapi...

"Ini adalah roman fantasi, Stan. Kamu mungkin tidak akan menyukainya," dia memaksa dirinya untuk mengakui.

Dia menarik dirinya sendiri. "Sebuah petualangan di mana orang-orang saling terikat untuk menjalin hubungan yang mendalam melalui cobaan mereka, dalam perjalanan menuju akhir yang bahagia? Orang seperti apa yang tidak suka membaca buku seperti itu?"

Seorang penggemar romansa Kabupaten. Nah, itu yang baru. "Jika Anda yakin Anda tidak kebe ratan..."

"Saya membacakan berbagai macam novel untuk ibu saya ketika dia masih hidup. Setiap minggu, dia menginginkan buku-buku baru dari perpustakaan. Dia paling menyukai novel-novel gothic, tetapi dia juga menyukai roman, dan dia berkata bahwa saya memiliki suara membaca terbaik di antara siapa pun di keluarga saya."

Jika dia menggunakan Suara Itu, Alethia tidak terkejut. Ibu Stan adalah wanita yang beruntung karena memiliki narator buku audio pribadinya yang bisa diperintah, dulu.

"Baiklah, kalau begitu." Dia mengulurkan *A Court of Thorns and Roses.*

Stan duduk di kursi di samping tempat tidur dan mulai membaca.

Tiga Puluh Satu

Sama seperti dia seharusnya tidak bergabung dengan Alethia di sofa sore itu, Stan tahu bahwa adalah ide yang buruk untuk berbaring di tempat tidur di samping Alethia saat dia membaca dengan suara keras untuknya. Tapi kursi itu tidak nyaman dan tempat tidurnya sangat besar... dan ketika dia bertanya apakah dia boleh duduk lebih dekat dengannya...

Matanya berbinar saat ia berucap, "Silakan," sebelum ia merapikan bantal untuknya, menepuk-nepuk tempat yang ia inginkan untuk duduk.

Tidak, Stan tidak memiliki ketabahan untuk menyangkalnya. Terutama ketika tempat tidurnya cukup lebar untuk menjaga jarak yang tepat di antara mereka.

Yah, sampai dia mulai mengantuk, dan memeluknya, seperti yang dia lakukan di sofa. Bahkan dengan lapisan selimut di antara mereka - selimut yang ia baringkan di bawah, sementara ia berbaring di atasnya - kehangatan dan kelembutan tubuhnya di atas selimut itu memabukkan, menghangatkannya dari dalam ke luar, seolah-olah ia telah meminum satu tong wiski Skotlandia yang enak.

Jika dia mencuri Alethia sebagai pengantinnya, bukan Carline, dan dia menghabiskan hari pertama mereka dengan merayunya alih-alih menolaknya, dia tahu malam pertama mereka di tempat tidur bersama tidak akan berakhir dengan penghalang selimut di antara mereka. Tidak, dia akan membujuk Alethia untuk melepaskan piyama tipisnya, membelai sekujur tubuhnya, lalu melepaskan celana panjang pinjamannya sebelum masuk ke dalam tubuhnya. Karena wanita ini akan menyambut baik perhatiannya, jika cara dia melingkarkan kakinya di sekitar kakinya adalah indikasi.

Mungkin ia mencari kedekatan seperti itu karena ia kedinginan. Jika dia bisa menyalakan api di perapian untuk menghangatkan ruangan, maka dia akan berperilaku tidak seperti orang yang sembrono dan lebih seperti wanita yang telah dia janjikan untuk melindunginya. Hanya saja tidak ada perapian, atau tempat yang cocok untuk menyalakan api.

Pasti ada keajaiban teknologi yang menghangatkan ruangan, jika saja dia tahu di mana mencarinya, karena meskipun cuaca di Australia Barat lebih hangat daripada yang dia kenal di Skotlandia, musim dingin tetap saja dingin. Seorang pria yang berakal sehat, atau setidaknya pria yang penisnya tidak mengeras karena tidak nyaman berada di dekat wanita cantik yang melingkari kakinya, akan membangunkannya dan bertanya.

Dia kemudian akan menuruti instruksinya agar dia dapat memanaskan ruangan, sementara dia kembali ke sisi tempat tidurnya dan dia mengosongkan ruangan itu sepenuhnya, meninggalkan godaan di belakangnya saat dia menyelinap kembali ke dalam tidur.

Sedangkan iblis, salah satu penghuni neraka yang paling jahat, akan mengambil semua yang dia tawarkan, dan terus meminta lebih. Dia akan merayunya, meminum kenikmatannya saat dia memuaskan kenikmatannya sendiri, sampai dia tidak memiliki keinginan untuk mengusirnya dari tempat tidurnya, apalagi mengirimnya kembali ke neraka. Alih-alih mengemis, dia seharusnya...

Dia bukan iblis atau manusia yang berakal sehat, tetapi jiwa yang tersesat yang masih berharap untuk mencapai surga, di mana tentunya Carline menunggunya. Yang berarti kesenangan tubuh Alethia bukan untuknya. Yang bisa ia lakukan hanyalah melindunginya, dan ia akan melindunginya.

Dia berbalik ke arahnya, bukannya menjauh, membujuk sayapnya ke dunia di mana mereka mungkin akan sangat berguna. Satu sayap meluncur di bawahnya, menangkup tubuh dan selimutnya untuk menjaga kehangatan, sementara sayap yang lain mengepak di atas tubuhnya dan selimutnya, melingkupi Alethia seperti mutiara yang sangat berharga. Kedua lengannya tetap diikat dengan kejam di sisinya, tidak peduli seberapa besar keinginannya untuk meraih Alethia.

Syukurlah kepada Tuhan dan iblis bahwa iblis tidak tidur atau bermimpi, atau dia mungkin akan menyerah pada keinginannya di malam hari, dan melakukan hal yang tidak terpikirkan. Karena itu, dia hanya bisa berbaring di sampingnya, dan mendapati bahwa hal yang tidak terpikirkan itu memang menjadi pikiran yang sangat menyenangkan.

Setidaknya dengan sayapnya di sekelilingnya, tidak ada pria lain yang bisa mendekatinya, katanya pada dirinya sendiri.

"Milikku," geramnya pada siapa pun yang berpikir untuk mengambilnya darinya.

Tiga Puluh Dua

Alethia terbangun beberapa kali di malam hari, dan setiap kali, dia mendapati dirinya terbungkus dengan aman di sayap Stan, seperti yang dia lakukan di sofa. Pada suatu saat, dia melemparkan kakinya ke atas kakinya, seolah-olah dia berniat untuk mengangkangi pria itu. Dia beringsut kembali ke sisi tempat tidurnya, berharap Stan tidak menyadarinya.

Namun, bahkan dengan daun jendela yang tertutup, jam tubuhnya dan jam tangan pintarnya memberi tahu bahwa hari sudah pagi, dan waktunya untuk bangun.

"Ayo, Stan, saatnya mengeluarkanku dari sangkar, jadi aku bisa mandi," katanya pelan, sambil mendorong sayap yang menjepitnya ke tempat tidur. Selaput di antara taji tulang itu halus dan lembut saat disentuh, tapi bahkan jika ia merobeknya, yang mana ia tidak berani melakukannya karena pasti akan menyakitinya, tulang yang membentuk sayapnya terlalu tebal dan terlalu berdekatan sehingga tidak mungkin ia bisa membebaskan diri. "Kamu tidak perlu melindungiku dari kamar mandi. Jujur. Termostatnya tidak disetel cukup panas sehingga air panasnya bisa membuatku terbakar, jadi hal terburuk yang bisa kulakukan adalah mencukur rambutku sendiri, yang mana aku tidak akan repot-repot melakukannya di musim dingin saat tidak ada yang akan melihat kakiku."

Stan bergeser dengan kesal. "Saya yakin itu bukan detail yang harus Anda bagikan dengan pria yang bukan suami Anda."

Alethia menyeringai. "Oh, tapi berbagi terlalu banyak adalah kesukaanku. Selain itu, kamu adalah pelindung iblisku, jadi kamu harus tahu sebanyak mungkin tentang diriku, lebih baik untuk melindungiku. Aku harus memberitahumu tentang semua bagian tubuhku yang kucukur, saat aku berencana untuk pergi berkencan dengan seorang pria yang mungkin bisa melihatnya, jika dia beruntung."

"Tidak akan ada penugasan seperti itu selama aku masih menjadi pelindungmu," gerutu Stan sambil mengangkat sayapnya sedikit. "Apa kau yakin ingin meninggalkan kehangatan tempat tidurmu? Di sini dingin, dan aku tidak bisa menemukan alat ajaib yang kau gunakan untuk menghangatkan ruangan sebagai pengganti api."

"Air di kamar mandi akan menghangatkan saya dengan baik. Dan ketika saya keluar, saya bisa menunjukkan kepada Anda cara mengoperasikan remote control untuk AC. Bukan berarti saya sering menggunakan fungsi penghangat ruangan di musim dingin - ini lebih sering digunakan di musim panas. Tetapi jika Anda kedinginan... Saya membayangkan di sini jauh lebih dingin daripada di neraka, jadi jika Anda membutuhkan pemanas, kita bisa menyalakannya."

Sayapnya lenyap, seolah-olah sayap itu tidak pernah ada. "Aku tidak kedinginan."

Dia mengulurkan tangan dan mengusap-usap perutnya yang keras. "Tidak, kamu tidak kedinginan. Agak panas, sebenarnya." Dalam semua arti kata. Keinginan yang tiba-tiba muncul untuk menjilati setiap tonjolan perut iblis seksi itu berarti mungkin ada yang salah dengan dirinya, Alethia memutuskan. Kemudian lagi, sekarang dia menatap tonjolan yang jelas di bagian depan celana jins iblis itu, seolah-olah dia tidak hanya membaca pikirannya tetapi juga membagikannya.

Oh sial. Alethia menelan ludah saat dia menarik matanya ke wajahnya. Matanya gelap karena hasrat. Tapi keinginan untuk apa?

"Apakah Anda ingin saya membantu Anda di kamar mandi?" dia bergemuruh dalam Suara Itu.

YA. Persetan ya. Dia ingin dia membelakanginya ke dinding kamar mandi dan...

Dia berhasil tersenyum lemah. "Saya yakin saya akan baik-baik saja. Pergelangan kaki saya tidak terlalu sakit seperti kemarin, dan bangku plastik masih ada di sana, jika saya perlu duduk."

Dan itu dilakukannya, beberapa menit kemudian ketika ia yakin air pancuran kamar mandi akan menyembunyikan suara yang dibuatnya. Merebahkan diri di bangku kecil, kakinya melebar, jari-jarinya melayang ke tempat ia merindukan pria itu, dengan cara yang tidak mungkin dilakukan oleh seorang wanita yang berakal sehat terhadap setan. Alethia tidak ingat pernah sebasah ini dengan seorang pria yang bahkan belum pernah menyentuhnya, namun saat dia menggunakan Suara Itu... itu seperti bagian kewanitaannya yang mati-matian berusaha melarutkan pakaian dalamnya untuk memberikan akses yang lebih mudah baginya.

Dia menggosok-gosok dirinya sendiri, membayangkan bahwa itu adalah jari-jari Stan yang tebal dan bukan jari-jarinya sendiri, saat nafasnya menjadi pendek dan kenikmatannya meningkat hingga orgasmenya datang dengan cepat. Apakah akan terasa senikmat ini jika Stan yang membelai dirinya, alih-alih harus melakukan semuanya sendiri?

Alethia memejamkan matanya. Jika Stan merayunya, dia berani bertaruh setiap orgasme akan menjadi seribu ... tidak, tidak, sejuta kali lebih baik, daripada orgasme menyedihkan yang dia berikan pada dirinya sendiri.

Kalau saja...

Tiga Puluh Tiga

Ketika Senin pagi menyingsing dan pergelangan kaki Alethia masih terlalu sakit untuk berjalan, ia izin sakit untuk bekerja dan menghabiskan waktu seminggu bersama Stan. Sepertinya, iblis yang bertekad untuk melindunginya bahkan dari dirinya sendiri, karena tidak peduli seberapa gelap matanya, atau seberapa besar celana jinsnya melotot, dia jarang menyentuhnya, kecuali menggendongnya berkeliling apartemen, bersikeras bahwa apa pun yang lain tidak pantas atau tidak pantas atau kata lain yang seharusnya ada di novel Regency dan bukan di mulut pria seksi bertelanjang dada yang suaranya membuatnya selalu bergairah.

Tidak ada salahnya jika dia suka membacakan buku untuknya, dan akan melakukannya dengan alasan apa pun. Dan Alethia tidak bisa menolak. Seolah-olah narator buku audio paling seksi yang pernah ada pindah ke rumahnya, dan dia dengan senang hati mendengarkannya membaca buku telepon sampai serak. Hanya saja, dia ingin mendengarnya membacakan adegan seks, yang benar-benar kotor. Sebenarnya, yang dia inginkan adalah dia membacakan dan merekamnya, sehingga dia bisa mendengarkannya lagi saat dia sendirian dan...

Hanya saja dia tidak pernah sendirian, kecuali di kamar mandi, karena Stan tidak pernah berada di luar jangkauan tangannya. Setengah lusin kali, dia mempertimbangkan untuk menyuruhnya meninggalkannya sendirian, tetapi itu akan seperti menendang anak anjing. Seekor anak anjing yang sangat kreatif yang telah mencoba memasak makan malam di microwave untuknya dalam panci logam. Dia beruntung petir tidak mematikan listrik atau menyalakan alarm asap.

Setidaknya, dia tahu bahwa kemampuan memasaknya sama buruknya dengan kemampuannya memasak.

Semakin banyak waktu yang dihabiskannya bersama Stan, semakin dia ingin bersamanya. Jika dia bertemu Stan di aplikasi kencan itu, dan dia memintanya untuk bertemu, dia tidak akan ragu-ragu. Dan saat pertama kali mendengar suaranya, dia akan... yah, dia pasti tidak akan lari.

Dia ingin dia memerintahkan semua orang keluar dari restoran, sehingga dia bisa membungkukkan badannya di atas meja dan melakukan perbuatan jahatnya terhadapnya. Lagi dan lagi dan lagi...

Dia memilih duduk di meja dapur, tapi perhatian Stan tertuju pada TV, sementara dia berusaha, tanpa hasil, untuk menemukan referensi lain tentang Carline Bell nee Steel. Catatan pemakaman, catatan properti, daftar penumpang, proses hukum, catatan resmi... dia bersumpah bahwa dia telah memindai seluruh koleksi dokumen Kantor Arsip Negara bagian ke dalam basis data pekerjaannya sejak masa penjajahan hingga masa federasi, tetapi satu-satunya hal tambahan yang berhasil dia temukan adalah pengumuman di koran tentang pernikahannya dengan Sean Bell.

Hal yang agak aneh, harus dia akui. Dia dan Sean telah menjalani kehidupan yang patut dicontoh, jika catatan itu bisa dipercaya - tidak pernah terlibat masalah dengan hukum, atau memiliki keterikatan hukum dengan orang lain. Bahkan kebakaran hutan yang melanda rumah mereka di Bell Cottage tidak melanda hingga dua dekade setelah kematiannya.

Mereka tidak pernah membeli properti lain selain hibah tanah asli yang mereka terima di sekitar Bell House dan Bell Cottage, meskipun keturunan mereka telah menjual sebagian besar lahan pertanian kepada pengembang selama bertahun-tahun, yang terakhir adalah pada masa hidup Alethia, untuk sebuah desa pensiun mewah di tepi pantai. Desa itu baru dalam tahap akhir pembangunan, sebuah bangunan dua lantai yang luas dan berwarna pasir yang menjamur di padang semak antara Bell House dan laut, terlihat jelas dari beranda barat Bell House. Tanah tersebut telah dijual dengan syarat tidak ada pembangunan yang melebihi dua lantai, agar tidak mengganggu kenyamanan visual Bell House. Pengembang ternyata tidak mencantumkan syarat tersebut dalam kontrak yang ditandatanganinya, dan dia menghabiskan waktu bertahun-tahun untuk memperjuangkannya, pertama dengan pemerintah setempat dan kemudian dengan komisi perencanaan negara bagian, namun tidak berhasil. Tidak akan ada pembangunan bertingkat antara Bell House dan laut.

Bell House dan tanah di sekitarnya dimiliki dan dikelola oleh Bell Family Trust, dan dikelola oleh firma hukum D'Angelo yang sama yang mendirikan Trust pada abad ke-19· Semua terjadi setelah masa Carline, membawa Alethia kembali ke jalan buntu yang besar dan gemuk.

Dia menghembuskan napas. Dia tidak yakin mana yang lebih membuatnya frustrasi - pencariannya akan wanita yang telah membunuh Stan, atau rasa kehormatannya yang aneh yang membuat celananya tetap terpasang dengan kuat.

"Apakah ada sesuatu yang terjadi? Apakah Anda menemukan sesuatu dalam penelitian Anda tentang Carline?"

Alethia mendongak dan mendapati mata Stan tertuju padanya, bukan pada layar TV yang sedang berhenti di belakangnya. Dia sedang menonton film *Grease*, salah satu film favorit Ibu. Jika dia menyukainya, mungkin dia harus menyarankan *Moulin Rouge* selanjutnya. Tentu saja, dia mungkin harus menjawab beberapa pertanyaan tentang hal itu, tapi itu akan sepadan dengan saat dia menyadari bahwa dia sedang menonton film tentang rumah bordil...

"Ada apa?"

Dia berkedip. Sebaiknya dia segera keluar dari bordil dan kembali ke masa kini. Namun ia tak bisa mengalihkan pandangannya dari layar TV tanpa sedikit pun rasa iri. "Kau tahu apa yang paling kurindukan saat terjebak di apartemen ini? Yah, selain sinar matahari, yang tidak akan banyak kulihat minggu ini bahkan tanpa jendela gulung, karena hujan turun sepanjang minggu, tapi..." Alethia terbatuk-batuk. Pikirannya terlalu banyak mengembara akhir-akhir ini. "Aku rindu menari. Sepupu-sepupuku dan aku biasa memesan pizza untuk makan malam, menumpuk di dalam satu mobil, minum enam pak bir di tengah perjalanan, dan menghabiskan malam dengan berdansa di klub malam. Sekarang, saya bahkan tidak tahu kapan klub malam akan diizinkan untuk dibuka lagi, atau apakah aman untuk pergi ke sana jika mereka melakukannya."

"Sudah lama sekali saya tidak menari," kata Stan, terlihat sedih.

"Kalau begitu ayo kita lakukan. Segera setelah saya bisa menemukan tempat yang terbuka, di mana menari diperbolehkan, ayo kita pergi. Hanya kau dan aku. Seperti kencan," kata Alethia.

"Kencan?" Dia tampak bingung sejenak.

Alethia menarik napas dalam-dalam, siap untuk menjelaskan.

"Oh, di situlah pasangan yang sedang berpacaran muncul di depan umum bersama-sama, tanpa pendamping. Untuk minum kopi atau makan atau menonton film, seperti ini." Stan melambaikan tangan ke layar TV. "Kita bisa..."

Interkom menyela untuk memberi tahu mereka bahwa kiriman belanjaan telah tiba, dan Stan segera sibuk menyapa pengantar barang dan berusaha sebaik mungkin untuk tidak mengancam pria itu, atau menuduhnya melakukan sesuatu, sebelum membantu Alethia membereskan semuanya.

Pada saat dia selesai menjelaskan apa sebenarnya tumisan, pasta, kari, dan nasi bungkus yang siap saji, dan bahwa dia sangat menyukai "makanan asing yang aneh" ini, tibalah waktunya makan malam, dan dia hampir meledak saat dia menunjukkan sushi yang akan dia makan, dan bahwa dia tidak akan mengizinkan suaminya untuk melindunginya dari makan rumput laut dan ikan mentah. Bukan berarti salmon asap itu benar-benar mentah, tapi...

Ketika makan malam selesai, dia terlalu lelah untuk menjelaskan apa pun, jadi dia meminta Stan untuk membawanya ke tempat tidur dan membacakan buku untuknya. Stan dengan senang hati melakukannya, sehingga dia segera teralihkan olehnya yang menyampaikan dialog-dialog sang tokoh utama dalam film That Voice saat dia semakin intim dengan sang tokoh utama, hingga dia melupakan semua hal tentang menari atau kencan atau bahkan *Moulin Rouge*.

Tiga Puluh Empat

"Itu pasti pizzanya," panggil Alethia. Setelah seminggu menerima kiriman belanjaan, dia pikir Stan bisa bertemu dengan pengantar pizza itu tanpa membuatnya takut lagi. Meskipun jika dia mengalami masalah, sekarang pergelangan kakinya diikat dengan perban penyangga yang datang dari kiriman belanjaan terakhir, dia mungkin bisa berjalan tertatih-tatih ke luar tepat waktu untuk menolongnya. Namun, itu tidak sebaik digendong oleh pelindung iblisnya.

Pada saat dia sampai di dapur, Stan sudah memegang sebuah kotak di tangannya dan pengantar pizza sudah pergi.

"Jadi semuanya berjalan lancar?" Alethia bertanya.

Stan menatap kotak di tangannya. "Dia ingin berterima kasih kepada saya. Rupanya, mereka mengadakan kompetisi di toko pizza untuk hal teraneh yang terjadi saat pengantaran. Pemenangnya akan mendapatkan makan malam gratis. Dia mengantarkan pesananmu malam ini dengan harapan dia bisa mendapatkan makan malam gratis yang kedua."

Alethia tidak bisa menahan tawa. "Jadi, apakah dia mendapatkan makan malam gratis kedua?"

Stan bangkit berdiri. "Bukan dari saya, bukan dia! Saya merebut kotak itu darinya dan membanting pintu di wajahnya sebelum dia sempat berpikir untuk mengambilnya dari saya! Ini adalah makan malam Anda, bukan miliknya, dan saya sudah mengatakannya!"

Stan yang malang. Seminggu ke depan dan dia masih harus banyak belajar. Setidaknya dia tidak menakuti pengantar pizza.

Alethia meraih kotak itu. "Jadi, haruskah kita makan?"

Stan mengangkat kotak itu tinggi-tinggi di atas kepalanya, jauh dari jangkauannya. Kemudian dia melingkarkan lengannya yang lain di pinggangnya. "Tidak sampai kita sampai di sana." Kemudian dia memutarnya, sayapnya mengepak, dan yang bisa dilihat Alethia selama beberapa saat hanyalah kegelapan, sampai mereka muncul di udara malam yang dingin, dengan sayap Stan yang mengepak di kedua sisinya. Jalan di bawahnya sangat panjang.

"Stan?"

Terakhir kali ia terbang bersamanya, ia sangat mabuk dan kesakitan. Dia benar-benar berharap dia memberinya kesempatan untuk meminum satu atau dua botol vodka sebelum terbang bersamanya lagi. Lebih buruk lagi, dia menukik ke atas, berputar-putar... oh sial, dia akan sakit...

... atau tidak, saat kakinya menyentuh atap yang datar, tinggi di atas kota. Alethia berlutut, berharap akan membentur beton, namun ia malah mendarat di atas... selimut piknik? Dia bisa mengenali pola tartan itu di mana saja. Ibunya membawa selimut ini ke setiap piknik sejak dulu.

"Stan?" katanya, lebih lembut dengan kepanikan yang jauh lebih sedikit daripada yang pertama kali.

Dia merentangkan tangannya lebar-lebar, dan sayapnya mengepak di belakangnya, membuatnya terlihat besar. "Kamu bilang kamu ingin berkencan, dengan makan malam dan berdansa. Kita punya pizza dan bir serta tempat yang cukup luas untuk berdansa, meski aku mungkin butuh bantuanmu untuk musiknya, karena aku tak tahu cara memainkannya." Dia meletakkan pizza di atas selimut, di samping...

"Apakah itu laptop saya?" Tepat di samping speaker portabel. Dia hanya pernah menggunakannya di depannya sekali, saat melakukan penelitian dan ada sebuah video yang ingin dia tunjukkan kepadanya, kalau-kalau video itu bisa membangkitkan ingatannya, tapi ternyata tidak.

"Sebaiknya Anda makan dulu, sebelum pizzanya menjadi dingin."

Dia berhenti menyebut pizza sebagai salah satu makanan asing yang aneh, tetapi dia masih menatapnya dengan curiga saat dia mengambil sepotong.

Alethia menyunggingkan senyum. Anda bisa membawa orang Kabupaten keluar dari masa lalu, tetapi Anda tidak bisa membuatnya makan di masa sekarang. Sayang sekali. Dia mungkin akan menyukai pizza, jika dia pernah mencicipinya.

"Saya tidak yakin saya harus minum banyak bir. Saya sudah cukup goyah saat berjalan. Menari dalam keadaan mabuk mungkin akan berakhir dengan pergelangan kaki saya yang lain terkilir, jadi saya tidak bisa berjalan sama sekali."

"Percayalah padaku. Aku tidak akan membiarkanmu jatuh."

Bahkan ketika bagian logis dari dirinya berteriak bahwa Stan adalah setan, oleh karena itu ini pasti bohong... dia mempercayainya.

"Jadi bagaimana kita melakukan ini?" tanyanya sambil menatapnya.

"Nah, jika Anda mau membuat laptop Anda memainkan musik yang tepat..."

"Oh. Benar." Alethia membuka laptopnya. "Dan musik yang tepat adalah...?" Ia cukup yakin ia memiliki daftar putar dengan lagu Time Warp, Macarena, YMCA, dan Single Ladies di suatu tempat di sini, tapi ia tak yakin Stan akan mengetahui gerakan yang tepat untuk semua lagu itu.

Stan tersipu. Dia benar-benar tersipu. "Saya. .. hanya tahu satu tarian. Kami mempelajari semuanya di sekolah, karena beberapa siswa adalah bangsawan kecil yang mungkin membutuhkannya suatu hari nanti, tetapi saya hanya ingat satu tarian itu, karena itu adalah tarian yang saya harapkan suatu hari nanti saya bisa berdansa dengan ... wanita yang akan saya nikahi."

Khawatir dia harus mencari Mozart atau Beethoven di internet, atau lebih buruk lagi, dia mengangkat alisnya. "Jadi, apa nama tarian dansa ajaib yang Anda impikan?" Dalam hati, ia memohon kepada kekuatan alam semesta yang mendengarkan agar setidaknya ia pernah mendengarnya.

"Ini... memalukan. Mungkin saya terlalu maju untuk meminta Anda berdansa dengan saya, tetapi setelah film yang saya lihat di TV Anda, saya berharap..."

"Kecuali jika itu adalah conga line telanjang dengan sekelompok orang asing, saya cukup yakin saya akan menyetujuinya, Stan," kata Alethia.

Dia menegakkan bahunya dan mengangkat kepalanya. Hampir... menantang. Seperti seorang pria yang satu kepala lebih tinggi darinya dan bertubuh kekar seperti dia benar-benar takut akan reaksinya. "Baiklah. Saya ingin berdansa waltz dengan Anda."

Alethia hampir tertawa. Bahkan dia tahu langkah-langkah untuk yang satu itu. "Strauss, kalau begitu."

Stan tampak bingung. "Siapa?"

Alethia hanya menggelengkan kepala dan mengklik versi pertama yang dia temukan. Dia menaikkan volume speaker portabel kecil itu setinggi mungkin, lalu menekan tombol PLAY.

Dia merangkak berdiri, mencoba mengingat di mana dia seharusnya meletakkan tangannya. Stan tidak membantu - dia hanya melingkarkan lengannya di pinggangnya dan mengangkatnya berdiri, sementara tangannya yang lain melingkari tangannya sendiri. Dia menunggu beberapa saat sampai perkenalan dimainkan, sebelum dia melepaskannya, memutarnya di sekitar atap tanpa kakinya menyentuhnya. Rasanya hampir seperti terbang. Yah, hampir saja, mengingat sayapnya terentang, dan hanya ada dia dan dia, berputar di bawah bintang-bintang.

Dia tertawa terbahak-bahak karena kegembiraannya. Mereka berada di ketinggian, tidak ada apa pun selain bintang-bintang di langit musim dingin yang cerah. Dan mata Stan, berkilauan dalam pantulan cahaya dari kota di bawahnya.

"Oh, Stan, ini... ini..." Ajaib. Indah. Sempurna. Semua kata sifat yang tidak pernah meninggalkan bibirnya karena ia terlalu sibuk membasahi bibirnya, saat tatapan Stan mencuri perhatiannya dari hal lain.

Dia meregangkan tubuhnya, menekan tubuhnya di sepanjang tubuhnya saat dia melingkarkan lengannya di lehernya. Kemudian dia menempelkan bibirnya ke bibirnya.

Sesaat kemudian, Stan mencondongkan tubuhnya untuk membalas ciumannya dan dunia pun terdiam.

Iblis hasratnya mencium seperti bermaksud mencuri jiwanya melalui bibirnya, dan dia akan menyerahkannya dengan sukarela jika pria itu terus menciumnya. Begitu saja. Oh, ya...

Keabadian berlalu, atau mungkin hanya sesaat, tapi dia tahu mereka telah berbagi seratus ciuman, dan dia akan menukarkan semua yang dimilikinya dengan seratus ciuman lagi. Tidak, bahkan untuk satu lagi, karena dia adalah godaan iblis, dan dia jatuh cinta padanya dengan begitu cepat, tidak ada yang bisa menghentikannya.

Pekikan alarm mobil jauh di bawah sana memecah keheningan. Alethia mengerjapkan matanya dan mendapati bahwa ia tidak hanya melingkarkan lengannya tapi juga kakinya di sekitar Stan, sehingga tonjolan besar di celananya berada di tempat yang sempurna di antara pahanya, dan bukannya memeluknya di bagian tengah, tangannya malah menangkupkan bokongnya, seakan-akan dengan sekali dorong, ia bermaksud merobek celana jins dan celananya lalu menusuknya.

"Ya," dia menarik napas, mengencangkan pelukannya.

Sayapnya yang besar mengepak, mengangkatnya ke udara. "Aku harus membawamu ke tempat tidur," geramnya, lalu menukik.

Tiga Puluh Lima

Dia membaringkan Alethia di tempat tidurnya, melepaskan anggota tubuhnya dari sekelilingnya sehingga dia bisa kembali mengambil barang-barangnya. Hanya untuk menyadari bahwa ada seseorang yang menggedor pintu depan apartemennya.

Sebuah kiriman, Stan menduga, saat dia berjalan untuk menerimanya. Dia membuka pintu dan menemukan seorang pria yang belum pernah dilihatnya berdiri di sana. "Nah, apa yang kamu bawakan untuknya?" tanyanya.

Mata pria itu terbelalak. "Saya tidak membawa apa-apa. Saya datang untuk berbicara dengan Alethia. Apakah dia ada di rumah?"

"Siapa Anda, dan apa urusan Anda?"

Stan tidak yakin apakah dia ingin memeluk pria itu karena telah menghentikannya untuk mencumbu Alethia, atau menjatuhkannya karena gangguan itu. Kegilaan mencengkeramnya, dan kegilaan itu telah menancapkan cakarnya pada Alethia, juga, karena tentu saja tidak ada wanita waras yang akan melakukan hal seperti itu selama dansa waltz...

"Aku... Aku Birger. Pacarnya. Siapa kau?" Pria itu menjulurkan dagunya dengan agresif. Jika dia tidak memiliki dagu yang lemah, mungkin itu akan mengesankan.

Seorang teman laki-laki? Stan belum pernah mendengar hal seperti itu. "Alethia? Ada seorang anak laki-laki di sini yang mengaku sebagai teman-mu. Apa itu benar?"

Alethia berjalan tertatih-tatih ke ruang makan. "Seorang anak laki-laki yang... tidak, aku tidak punya... Birger! Apa yang kau lakukan di sini? Bagaimana kamu bisa melewati gerbang keamanan? Kamu seharusnya tidak berada di sini! Bagaimana kamu bisa mendapatkan alamat saya?"

Rasa takut menggumpal di dalam perut Stan, atau seharusnya begitu jika ia masih memiliki perut. Dia tidak yakin dia masih punya. "Kamu yang menguntitnya, meskipun kamu tidak memiliki izin untuk mendekatinya? Pergilah, dan jangan pernah kembali. Jika Anda mencoba berbicara dengannya lagi, itu akan menjadi hal terakhir yang Anda lakukan."

Anak laki-laki itu gemetar ketakutan, tetapi dia memiliki keberanian. Stan harus memberinya itu. "Alethia, apakah kamu baik-baik saja? Apakah dia menyakitimu?"

"Pergilah atau aku akan melukaimu!" Stan meraung.

Anak laki-laki itu hampir tersandung kakinya sendiri, dia melesat begitu cepat di koridor. Stan memelototinya hingga ia berbelok di tikungan menuju tangga dan menghilang dari pandangan.

Setelah itu, barulah ia membanting pintu di belakangnya dan menguncinya.

"Dia tidak akan kembali," kata Stan dengan penuh kepuasan. "Lihat? Aku akan melindungimu, seperti yang sudah kujanjikan." Dan dia tidak akan membawanya ke tempat tidur, tidak peduli seberapa besar kerinduannya terhadapnya.

Alethia memberikan senyuman kecil kepadanya. "Terima kasih, Stan." Dia berjalan tertatih-tatih kembali dari tempat dia datang.

"Saya akan pergi dan mengambil barang-barang Anda dari atap. Kemudian, jika kamu mau, saya akan membacakannya untukmu," kata Stan. Dia juga akan meluangkan waktu sejenak untuk memeriksa jalanan di sekitarnya, untuk memastikan penguntitnya benar-benar telah pergi.

"Tentu."

Tetapi pada saat dia kembali, bahkan napas wanita itu di balik selimut memberitahunya bahwa dia sudah tertidur, tanpa memerlukan bantuannya. Jadi dia melakukan apa yang dia lakukan yang terbaik - dia duduk di kursi di samping tempat tidurnya, dan mengawasinya, untuk menjaganya agar tetap aman. Baik dari anak laki-laki itu maupun dari tubuh pengkhianatnya sendiri.

Baru setelah beberapa saat kemudian dia menyadari bahwa ketika dia mengancam anak itu, dia terdengar persis seperti William, ketika dia memperingatkan Stan untuk menjauhi Carline.

Tapi itu tidak sama, katanya pada dirinya sendiri. Dia melindungi Alethea. Mengapa, anak itu adalah alasan dia memanggil Stan untuk menjadi pelindungnya sejak awal.

Sedangkan William...

Jika saudara laki-laki Carline tidak menjadi orang yang menyebalkan, Stan mungkin bisa memperlakukannya dengan baik. Sehingga dia mungkin akan menikah dengannya, bukan dengan pria lain, dan Alethia...

Alethia tidak akan pernah ada, karena ia adalah cucu dari pria lain yang dinikahi Carline.

Dan dunia akan menjadi tempat yang jauh lebih miskin karenanya.

Masa depan tanpa Alethia di dalamnya... dia tidak berani memikirkannya. Tidak akan membiarkan hal itu terjadi, karena dia adalah pelindungnya, dan dia akan melindunginya dari segala sesuatu dan semua orang yang berpikir untuk menyakitinya.

Karena dia adalah miliknya untuk dilindungi, dan bukan milik orang lain.

Tiga Puluh Enam

Pada hari Minggu malam, saat ia masih tertatih-tatih di rumah, Alethia menelepon Jeremy. Dia tidak ingin cuti seminggu lagi karena sakit, tetapi tidak mungkin dia bisa menuruni tangga, apalagi sampai ke lokasi penggalian.

"Maaf mengganggu Anda begitu terlambat, tapi saya pikir Anda pasti ingin mendapatkan kabar terbaru. Pergelangan kaki saya masih membuat hidup saya seperti di neraka, jadi..." dia memulai.

"Bagus. Yah, tidak bagus, tapi itu memecahkan masalah bagi saya. Dengan cuaca yang basah minggu lalu, semua orang memiliki waktu untuk melakukan dokumentasi, jadi semua orang membuat katalog temuan mereka dengan benar sebelum kami kembali ke lokasi besok, seiring dengan cuaca yang cerah. Yang saya butuhkan adalah seseorang untuk mulai menulis laporan. Dan jika Anda terjebak bekerja dari rumah selama seminggu lagi, maka saya memilih Anda." Dia terbatuk-batuk. "Jika kamu butuh dorongan lebih lanjut, saya bisa memberikan gaji sehari untuk mengerjakan tesismu, karena saya tahu kamu ingin menyelesaikan tinjauan literaturmu. Empat hari untuk mengerjakan proyek, dan satu hari untuk tesismu."

Alethia berkedip. Itu hampir terlalu bagus untuk ditolak. "Kenapa aku?"

Jeremy mengeluarkan suara di belakang tenggorokannya yang terdengar seperti geraman. Tidak seperti Stan, tentu saja, tapi tetap saja.. . "Tim kami di Kimberley, yang sedang bekerja di Northern Territory minggu lalu, terjebak di Kununurra selama dua minggu, dalam karantina, sebelum mereka diizinkan untuk pergi ke lokasi. Jadi saya harus mengirim beberapa staf kami di Perth untuk memulai proyek ini sementara kami menunggu tim yang tepat untuk dibebaskan sehingga mereka dapat mengambil alih. Artinya, kami kekurangan staf di sini, dan kru di Kununurra memiliki laporan mereka sendiri untuk ditulis, jadi Anda adalah harapan terakhir dan terbaik saya. Saya bahkan akan mengantarkan sendiri tisu toilet ke rumah Anda, jika itu akan mempermanis kesepakatan."

Alethia tertawa mendengarnya. Siapa sangka Anda bisa menyogok seseorang dengan tisu toi let... sampai tidak ada lagi, tentu saja. "Aku baik untuk tisu toilet." Terima kasih kepada Ibu, yang telah mendaftar ke semacam layanan pengiriman barang untuk amal. "Tapi jika Anda mengizinkan saya bekerja dari rumah minggu ini, itu akan bekerja dengan baik. Ditambah lagi, saya seharusnya memberikan ceramah tentang ulasan literatur saya di universitas dalam beberapa minggu, sekarang mereka telah menjadwalkan ulang dan memastikan tanggalnya, jadi satu hari untuk memulai persiapan akan sangat menyenangkan..."

"Sudah sepakat. Bicaralah dengan Justin di kantor untuk memastikan Anda memiliki akses ke semua file proyek yang Anda butuhkan." Dia berdeham. "Ah, saya harus pergi. Waktunya makan, dan baby bolognese adalah kesukaannya saat ini..."

Putra Jeremy yang berusia enam bulan jelas merupakan anak yang cukup besar - yang membutuhkan kedua tangannya. "Sampai jumpa lagi nanti, Jeremy, dan semoga berhasil." Dia mengakhiri panggilan teleponnya, dan mendapati Stan sedang menatapnya. "Apa?"

"Anda mengatakan beberapa hal yang sangat aneh yang sulit saya pahami. Mengapa Anda harus berbicara tentang tinjauan ringan, dan seberapa jauh Anda harus melakukan perjalanan untuk mencapai Yew Knee? Tidak ada tempat dengan nama itu di koloni pada masa saya."

"Tinjauan literatur adalah kependekan dari tinjauan pustaka. Ini adalah... laporan penelitian saya dari sumber-sumber tertulis. Um, jadi hal-hal yang saya temukan dengan melihat penelitian yang telah dilakukan sebelum kami memulai penggalian di pemakaman ini. Ini jelas bukan ulasan yang ringan. Ini cukup dalam, justru sebaliknya. Dan uni... itu kependekan dari universitas. Saya sedang mengerjakan gelar Doktor Filsafat tentang temuan kami dari penggalian pemakaman, jadi saya harus menulis tesis penelitian lengkap dalam waktu tiga tahun, dan kemungkinan beberapa makalah ilmiah di antaranya, tetapi sudah menjadi kebiasaan untuk memberi tahu kolega peneliti tentang bagaimana proyek

Anda berjalan pada tahap-tahap tertentu, dan saya seharusnya melakukan presentasi pada bulan April, dengan yang lainnya, tetapi acara tersebut dibatalkan karena pandemi, dan pembatasan baru saja dicabut sehingga harus dijadwal ulang sekarang. Dan karena saya masih belum melakukan presentasi, saya harus naik ke atas panggung dan mempresentasikan penelitian saya, atau apa yang diizinkan oleh klien dari penelitian saya, kepada staf dan mahasiswa di universitas."

"Anda seorang sarjana? Dan Anda akan mempresentasikan temuan Anda kepada orang-orang penting di universitas Anda? Itu sungguh luar biasa," kata Stan.

Alethia terbatuk-batuk sambil tertawa. "Para wanita penting juga. Di fakultas ini, perbandingan antara pria dan wanita cukup seimbang, dan para mahasiswa... saya rasa terakhir kali mereka mengeceknya, jumlah wanita lebih banyak daripada pria, tapi tidak banyak. Jadi, sangat mungkin saya akan mempresentasikan temuan saya kepada sebanyak mungkin pria dan wanita, atau bahkan lebih banyak wanita daripada pria."

Stan hanya menggelengkan kepalanya. "Luar biasa. Saya hampir tidak percaya..."

"Bahwa perempuan boleh dididik dan bertanggung jawab untuk mendidik orang lain?" Alethia menyelesaikannya, siap untuk mempertahankan pilihannya dan feminisme berabad-abad yang memisahkannya darinya.

"Tidak, Anda adalah seorang sarjana wanita. Seharusnya saya bisa menduga, dengan kehausan Anda akan penelitian di laptop Anda, saat Anda membantu saya mencari tahu lebih banyak tentang Carline, bahwa ini bukan hanya sekadar hobi, tetapi juga sebuah panggilan untuk seorang wanita di zaman Anda. Maksud saya, seorang istri yang membantu suaminya dalam studinya, saya mengerti, tetapi seorang wanita muda yang belum menikah... Saya yakin, ketika Anda menikah, suami Anda tidak akan mengizinkannya..."

"Diam. Di sana."

Mulut Stan ternganga karena terkejut.

"Jika saya menikah dengan seseorang - dan saya mungkin tidak akan pernah menikah, dan hal itu sah-sah saja di zaman sekarang ini - dia tidak akan mengizinkan atau melarang saya untuk melakukan apa pun. Ini adalah abad kedua puluh satu dan pria mana pun yang berpikir bahwa wanita ada hanya untuk memajukan ambisi mereka sendiri tidak pantas mendapatkan perhatian wanita mana pun." Ia mengetukkan jarinya di dada Stan. "Jika Anda ingin bertahan hidup di masa ini, Anda sebaiknya mengingat hal itu. Wanita adalah manusia, sama seperti pria, dan kita membuat pilihan kita sendiri. Pria mana pun yang mencoba mengatakan sebaliknya harus disumpal oleh buah zakarnya sendiri."

Dia mundur, dan harus menyembunyikan senyum saat Stan melirik pangkal pahanya yang tidak terluka.

"Saat saya memberikan presentasi di universitas, kamu akan ikut dengan saya. Kamu akan menjadi pelindung yang baik yang memperhatikan dan mendengarkan semuanya, tanpa mengucapkan sepatah kata pun, kecuali nyawaku dalam bahaya. Kemudian mungkin kamu akan belajar lebih banyak tentang masa depan yang akan kamu hadapi, karena kamu tidak akan pernah bisa menyesuaikan diri dengan orang-orang di masa sekarang jika kamu tidak bisa menerima wanita setara dengan pria. Bahkan, mungkin akan lebih baik untuk mengirim Anda kembali ke tempat asal Anda, daripada melihat Anda berjuang.

Terutama karena Anda telah membuat penguntit saya takut."

"Bukan itu yang saya maksudkan, nyonya. Saya hanya seorang anak petani, bukan cendekiawan atau politisi, dengan lidah yang halus untuk menghaluskan kekasaran kata-kata saya. Saya hampir tidak memahami para petinggi di zaman saya sendiri, dan para petinggi Anda - termasuk Anda sendiri, tentu saja - benar-benar membingungkan saya. Saya tidak sepenuhnya bodoh, atau setidaknya, saya tidak bermaksud bodoh. Tolong didiklah saya. Bantulah saya untuk mengerti. Sebagai seorang sarjana, Anda lebih memenuhi syarat daripada siapa pun untuk mengajari saya bagaimana berperilaku seperti yang harus saya lakukan di zaman Anda. Jangan kirim aku kembali. Saya tidak akan mengecewakan Anda. Aku berjanji."

Oh sial, jika dia bertemu dengan tatapannya, dia akan menangis. Dia hampir saja menendang anak anjing itu. Anak anjing setinggi enam kaki, sekeras batu, berotot, dan bersayap yang dapat melelehkan celana dalamnya dengan satu kalimat yang diucapkan dalam Suara Itu, tapi...

"Tentu saja aku akan membantumu, Stan. Itulah yang saya janjikan. Anda telah memenuhi bagian Anda dalam tawar-menawar, dan saya akan menjadi wanita jalang yang mengerikan jika saya tidak memenuhi bagian saya."

Dia terkesiap. "Anda tidak bisa mengatakan itu tentang diri Anda sendiri. Maksud saya... itu... saya tidak akan pernah..."

"Tenang, Stan. Maksudku, pekerjaanmu menjadi lebih mudah. Bos saya mengizinkan saya bekerja dari rumah minggu depan, jadi Anda bisa melindungi saya dari sini, di dalam apartemen ini, di mana Anda bisa bersembunyi dari matahari."

"Saya tidak bersembunyi."

Tidak, dia tidak. Tidak juga. "Itulah sebabnya Anda akan datang ke presentasi saya di universitas. Setidaknya aku akan mengenal satu wajah ramah di antara kerumunan orang."

Dia menundukkan kepalanya. "Apakah mereka akan mengizinkan saya masuk? Saya bukan seorang sarjana, dan pendidikan saya hanya sampai di sekolah desa. Tentunya para cendekiawan terkemuka seperti itu akan tahu bahwa saya tidak termasuk di antara mereka."

Universitas dan sekolah telah banyak berubah dalam dua ratus tahun, dan dia menduga dia akan menikmati keterkejutan Stan saat dia mengetahuinya.

"Selama Anda mengenakan celana, kemeja dan sepatu, serta menutup mulut, mereka tidak akan curiga," kata Alethia. Dia berharap tidak. Dan jika mereka curiga... dia hanya akan mengatakan kepada mereka bahwa dia adalah pacarnya, dan dia akan membawanya sebagai dukungan moral karena dia merasa gugup. Karena bagaimanapun dia mempersiapkan diri, bagian itu pasti akan menjadi kenyataan.

Tiga Puluh Tujuh

"Dan kami sangat menantikan apa yang mungkin kami temukan, tersembunyi di bawah pasir Pemakaman Perth Timur," Alethia menyelesaikannya, mengetuk kursor untuk terakhir kalinya untuk menampilkan slide terakhir dalam presentasinya sebelum dia membacakannya dengan lantang. "Ada pertanyaan?"

Biasanya, setidaknya salah satu sepupunya, jika tidak semuanya, akan berdesakan di antara para penonton dan mengacungkan tangan untuk mengajukan pertanyaan yang telah dia latih sebelumnya. Tetapi Tacey sedang bekerja, Octavia sedang berada di utara di suatu tempat di pertambangan, dan Callie sedang berada di sebuah pesta pernikahan keluarga. Seseorang dari pihak keluarga ayahnya, bukan dari pihak keluarga Bell, karena itulah Callie adalah satu-satunya dari mereka yang diundang.

Dan ketika Stan berada di antara para penonton, satu-satunya suara yang ia keluarkan adalah tepuk tangan sambil menggelengkan kepalanya. Dia tidak memiliki pertanyaan untuknya.

"Oke, saya akan mengubahnya sedikit di awal untuk mengatakan pemakaman pertama yang diketahui, karena, seperti yang Anda katakan, ada pemakaman yang tidak terdokumentasi, dan juga yang terdokumentasi, tetapi tidak cukup baik untuk memastikan di mana mayat-mayat itu dikuburkan." Alethia mengetuk-ngetuk keyboard-nya sejenak, sampai dia puas dengan slide yang baru. "Oh, dan kemudian saya perlu menambahkan sedikit pada slide itu tentang apa yang kita harapkan untuk ditemukan, karena catatannya tidak lengkap. Yang menjadi latar belakang dari kuburan kosong yang kami temukan, yang tidak bisa saya bicarakan karena perjanjian kerahasiaan dengan pengembangnya... tapi harus saya masukkan dalam tesis saya, terlepas dari apakah pengembangnya suka atau tidak."

"Apakah semua ceramah ilmiah begitu menghibur? Saya bisa mendengarkan ceramah Anda selama berjam-jam," kata Stan.

Alethia tertawa. "Tentu saja tidak. Maksud saya, saya memulai di bidang kedokteran, karena itulah yang keluarga saya ingin saya pelajari dan saya pikir karena saya sudah masuk ke dalam mata kuliah tersebut, setidaknya saya harus mencobanya, dan kemudian saya tertidur di sebuah kuliah tentang biologi sel. Lebih dari satu, sebenarnya. Sebenarnya tidak terlalu membosankan, tetapi dosennya memiliki suara monoton yang memiliki kekuatan ajaib untuk membuat Anda tertidur setelah mendengarkannya selama beberapa menit. Tidak seperti suaramu, yang bisa kudengarkan sepanjang malam."

Stan bersolek mendengar pujian itu. "Apakah Anda ingin saya membacakannya lagi untuk Anda malam ini?"

Sepanjang malam, setiap malam. Dia telah menyelesaikan seri roman fantasi, dan sekarang sedang mengerjakan koleksi roman paranormal dan fiksi ilmiah Mum yang sangat banyak. Setelah dia berhenti tersandung adegan seks dan benar-benar masuk ke dalam ayunan, dia telah menjadi narator buku audio favorit Mum. Dia harus mencoba merekamnya suatu hari nanti...

"Ya, silakan, Stan," katanya sambil membanting laptopnya. Presentasinya besok dan ia sudah siap. Ia pantas mendapatkan satu malam libur.

Piyama yang dikenakannya sedang dicuci setelah ia menumpahkan kopi di bagian depan piyama tersebut. Oke, secara teknis dia menumpahkan kopi di bagian depan mereka ketika Stan, yang terkejut karena pemanggang roti itu meletus, benar-benar melompat begitu tinggi dari tanah hingga kepalanya membentur langit-langit. Melihatnya mengepakkan sayapnya, mencoba membebaskan tanduknya dari fitting lampu membuatnya tertawa terbahak-bahak, dan kopinya baru saja menjadi korban, sungguh. Sama seperti lampu yang buruk itu, yang sekarang memiliki dua lubang seukuran tanduk di dalamnya yang tidak ingin ia jelaskan kepada orang tuanya, ketika mereka tiba di rumah.

Itu berarti dia akan mengenakan salah satu kaos kebesaran yang dia gunakan sebagai baju tidur di musim panas ke tempat tidur. Baju itu juga lebih mudah digunakan, ketika dia merasa kepanasan dan terganggu oleh bacaan Stan dan harus keluar untuk ke kamar mandi, di mana dia hanya punya waktu beberapa menit untuk merawat dirinya sendiri sebelum kembali ke tempat tidur, dan tatapan penuh perhatian dari Stan.

Sejenak, dia membayangkan menyentuh dirinya sendiri saat dia menonton, tatapannya memanas dan membara seiring dengan kenikmatannya yang semakin bertambah, hingga dia menawarkan diri untuk...

"Apakah Anda siap untuk saya?"

Dia biasanya memberinya waktu sejenak untuk berganti pakaian dan menyelinap ke balik selimut sebelum masuk ke kamar tidurnya. Omong kosong tentang kesopanan atau apa pun. Yah, dia tidak melihatnya sebagai omong kosong - dia melindunginya, atau begitulah katanya. "Sebentar." Dia menanggalkan pakaiannya, mengenakan baju tidur, dan merangkak ke tempat tidur. "Oke."

Ia datang dengan buku yang dipegang di dadanya, dengan senyum penuh semangat di wajahnya, seolah-olah ia ingin tahu apa yang terjadi seperti halnya wanita itu. Dia pasti tidak sedang mencari hal-hal yang sangat seksi, meskipun dia membacanya dengan sangat baik.

Stan duduk di kursi hari ini, alih-alih di sisi lain tempat tidur, seolah-olah dia bisa membaca pikirannya dan merasa lebih baik memberi jarak yang aman di antara mereka. Satu hal yang ia pelajari dalam pandemi ini adalah bahwa menjaga jarak sosial itu menyebalkan ketika Anda ingin lebih dekat dengan seseorang.

Dia mulai membaca, yang mana dia selalu menggunakan Suara Itu, dan Alethia memejamkan matanya, menikmati setiap kata.

Secara mengejutkan di awal buku ini, pakaian pasangan itu mulai terlepas, dan suara Stan bertahan pada kata-kata seperti puting dan puncak dan gundukan, menikmati frasa seperti panas basah dan selubung ketat sampai wanita Alethia menggigit-gigit mencari perhatian. Tentunya Stan tidak akan menyadari jika dia menyelipkan tangan di antara pahanya dan...

Tiga Puluh Delapan

Setiap malam dia melakukan hal ini, meskipun dia berusaha menyembunyikannya. Ketika buku itu menjadi beruap, dia mulai menggeliat sampai akhirnya dia menyerah dan menikmati dirinya sendiri. Biasanya, dia melarikan diri ke kamar mandi, menyembunyikannya dari suaminya, tapi sekarang dia bisa melihat tangannya meluncur ke bawah tubuhnya, di antara kedua kakinya.

Dia mungkin tidak dapat mencabulinya sepenuhnya, tetapi dia akan terkutuk jika dia hanya menonton dan tidak melakukan apa-apa. Mengapa, para pahlawan dalam buku-buku favoritnya tidak akan pernah berdiam diri dan menonton, ketika mereka bisa saja menggantikan tangannya dengan tangan mereka sendiri.

Padahal dia ada di sini, di kamar tidurnya, sama nyatanya dengan Alethia sendiri. Setiap bagian yang mampu memberinya kesenangan seperti halnya pria-pria imajiner dalam buku-bukunya. Lebih dari itu, karena dia ada di sini.

Tentu saja, dia harus tahu apa yang disukai wanita itu terlebih dahulu... tapi dia bersedia untuk mencari tahu.

Tiga Puluh Sembilan

"Apakah Anda suka itu?"

Alethia membeku. Pria itu menatapnya sekarang, dan dia tidak berani menggerakkan tangannya agar tidak menarik perhatiannya ke tempat itu.

"Saya suka apa?" tanyanya dengan hati-hati.

Dia melambaikan tangan ke halaman buku yang terbuka di pangkuannya. "Semua ini menggigit, menghisap, dan menyodorkan jari ke berbagai tempat."

Uh, ya, atau dia tidak akan jauh dari kenikmatan mendengar suaranya.

"Apakah tempat rahasia wanita... benar-benar terasa lezat seperti yang dikatakan orang-orang ini?"

Alethia tidak bisa menahan tawa yang keluar. "Yah, semua pahlawan buku sepertinya berpikir begitu. Aku tidak tahu. Saya belum pernah memberikan seks oral pada wanita sebelumnya. Dan, sebelum Anda bertanya, tidak, tidak ada pria yang pernah menindih saya, jadi saya juga tidak tahu bagaimana rasanya. Pria terasa seperti terong atau zucchini saat mereka datang, dan meskipun saya tidak keberatan dengan sayuran saya, saya tidak terlalu menyukai rasanya saat berhubungan seks. Apakah Anda pernah bercinta dengan seorang wanita? Seperti apa rasanya?"

Matanya melebar. "Aku? Aku tidak pernah melakukan hal seperti itu. Membawa lidahku ke tempat... tempat rahasia wanita. Namun para wanita ini tampaknya menerima begitu banyak kesenangan dari hal itu..."

Alethia tertawa. "Yah, ya. Kebanyakan pria tidak bisa membuat wanita datang hanya dengan penis mereka. Mereka harus bekerja untuk itu. Maksudku, itu adalah cawan suci bagi seorang gadis, bukan? Mendapatkan seorang pria yang dapat memberikan kontol yang baik. Callie yakin mereka sama langkanya dengan unicorn, dan dia belum pernah bertemu dengan mereka. Sedangkan seorang pria yang memberikan oral yang baik atau pandai menggunakan tangannya menunjukkan bahwa dia setidaknya tahu di mana klitoris seorang gadis, jadi patut dicoba..."

"Apa sih yang dimaksud dengan klitoris, dan apa yang begitu penting tentangnya?"

Alethia memejamkan matanya. Setiap pria normal, ia akan bingung antara menendang pria itu keluar dari kamar tidurnya karena ketidaktahuannya, atau mengundangnya untuk melihat-lihat. Dengan Stan, setiap bagian dari tubuhnya berteriak untuk mengundangnya. Lalu dia akan mengatakan bahwa itu tidak pantas, atau tidak pantas, atau salah satu dari kata-kata Kabupaten yang menjengkelkan yang membuatnya ingin berteriak.

"Saya rasa Ibu mungkin memiliki buku teks anatomi di kantor yang bisa saya tunjukkan padamu," katanya, sambil membalikkan selimut ke satu sisi agar dia bisa turun dari tempat tidur.

Hanya untuk menemukan Stan berlutut di lantai di samping tempat tidur, menghalangi jalannya. Dengan hati-hati dia meletakkan tangannya di atas lututnya sebelum dia menatapnya dengan mata anak anjing yang membara. "Maukah kau tunjukkan padaku? Kumohon?" Suara itu berkata.

Seorang gadis yang bijaksana akan mengesampingkannya dan berjalan melewatinya untuk mengambil buku pelajaran.

Alethia menyelinap keluar dari celana dalamnya dan menjatuhkannya ke lantai dengan cepat, berharap dia tidak akan menyadari betapa basahnya celana itu. Kemudian dia naik ke tempat tidur hingga punggungnya menyentuh kepala tempat tidur. "Anda ingin melihat... saya..." Sekarang siapa yang mengalami kesulitan untuk mengeluarkan kata-kata? Dia akan terkutuk sebelum dia menyebut bagian tubuh manapun sebagai tempat rahasia.

Pipinya memerah. "Saya tidak hanya ingin melihat, tetapi juga mencicipi. Karena Anda adalah rasa manis itu sendiri, dan saya tidak bisa membayangkan Anda menjadi sesuatu yang lain selain lezat." Dia menjulurkan lidahnya, dan lidahnya terlihat lebih panjang dari yang seharusnya. Seperti milik iblis, monster, bukan manusia.

Seolah-olah sayap, tanduk dan cakarnya tidak bisa ditebak.

Cakar yang kini bertumpu pada kedua lututnya, mendorong kedua kakinya terpisah dengan sangat perlahan.

Matanya memohon padanya. Mata biru yang hanya sedikit lebih gelap dari matanya sendiri. Bagaimana dia tidak tahu kalau pria itu memiliki mata biru sebelumnya? Mata seorang pria, bukan monster.

Dia mengangkat kakinya ke atas bahunya, matanya tidak pernah sekalipun meninggalkan matanya, saat dia merangkak ke tempat tidur. Kemudian dia mulai menelusuri lipatannya dengan jarinya. Dengan lembut, begitu lembutnya menggelitik, dan dia menggeliat di bawah sentuhannya, menginginkan lebih banyak lagi yang sepertinya tidak bisa dia minta.

"Bibir bagian bawahmu basah. Sangat basah, seperti wanita-wanita di dalam buku-buku Anda. Siap untuk... disetubuhi, bukankah itu yang dikatakan oleh kekasih mereka?"

Perlahan, Alethia mengangguk. Jika saja dia mau melepas celana jinsnya.

"Tapi pertama-tama, saya harus menemukan klitoris ini. Sebuah mutiara, seikat saraf, sebuah in ti...ah, buku-buku Anda memiliki begitu banyak kata untuk bagian misterius Anda ini. Sesuatu yang harus digigit, dihisap, dan dilingkari... begitu sensitif sehingga sentuhan yang paling ringan pu n... ah."

Dia telah menemukannya, baiklah. Dia juga tahu itu, membelai dia dengan lembut pada awalnya untuk mengukur reaksinya, kemudian lebih keras, sampai dia merasakan punggungnya mulai melengkung, mendorong pinggulnya ke arahnya, menawarkan lebih banyak dirinya. Seluruh dirinya.

"Ini memberimu kesenangan," dia mendengarnya berkata, saat penglihatannya mulai kabur. Dia begitu dekat.

"Ya," dia terengah-engah, putus asa agar dia melanjutkannya. Untuk memberinya pelepasan yang ia idamkan. "Oh ya!"

"Tapi semua buku mengatakan bahwa saya harus memasukkan jari-jari saya ke dalam tubuh Anda." Jarinya membelai ke bawah, jauh di dalam dirinya, sebelum dia bergabung dengan yang kedua, lalu yang ketiga. Jari-jarinya lebih tebal dari penis kebanyakan pria, dan ia menyukai rasa jari-jari itu di dalam dirinya, jika saja pria itu membelai klitorisnya lagi. Sekali saja sudah cukup untuk...

"Dan saya harus mengaitkannya, seperti ini?"

Dia tidak yakin bagaimana caranya, tapi Stan telah menemukan suatu titik di dalam dirinya yang hampir sama sensitifnya dengan klitorisnya, dan dia tahu itu juga, karena matanya tenggelam dalam ekspresinya, reaksinya, setiap nafasnya yang terengah-engah ketika dia melengkungkan punggungnya lebih tinggi. "Tolong, oh, tolong," dia memohon.

"Jadi, jika saya membelai Anda di kedua tempat sekaligus..."

Jari-jarinya bekerja dengan ajaib di dalam dirinya, saat ibu jarinya melingkari klitorisnya. Sekali. Dua kali.

Alethia menjerit.

Ketika penglihatannya yang goyah kembali, yang dapat dilihatnya hanyalah Stan yang sedang menghisap cakarnya, satu per satu, dengan senyum lebar di wajahnya. "Manis memang, tapi saya menduga Anda akan merasa lebih manis lagi ketika bukan jari-jari saya yang membuat Anda berteriak, tapi lidah saya."

Dia tidak menunggu izin, dan dia terlalu serak untuk memberikannya, tetapi punggungnya baru saja bersandar sepenuhnya di tempat tidur lagi ketika dia mengangkat tubuhnya sehingga dia dapat memegang tanduknya, dan menggiling dirinya sendiri ke dalam mulutnya yang jahat dan jahat. Oh Tuhan, dia tidak yakin apa yang dia lakukan dengan lidahnya, karena lidahnya sepertinya ada di mana-mana dalam waktu yang bersamaan, bahkan ketika dia menghisap klitorisnya, tetapi dia jatuh dengan cepat.

Untuk seorang pria yang bahkan tidak tahu apa itu klitoris satu jam yang lalu, dia benar-benar menjadi penguasanya. Dari seluruh tubuhnya dengan kecepatan seperti ini, saat dia mendorong pinggulnya lebih tinggi, mengunci pergelangan kakinya di leher pria itu untuk membuatnya tetap dekat. Kemudian taringnya menyerempetnya dan dia terbang, buta, terbungkus sayapnya dengan lidahnya yang terkubur jauh di dalam dirinya, membelai tempat-tempat yang belum pernah disentuh orang lain.

Dia merintih saat pria itu menurunkannya, lidahnya meluncur keluar dari tubuhnya dalam satu jilatan panjang yang mengitari klitorisnya untuk terakhir kalinya sebelum meninggalkannya. Bahkan setelah dia melepaskan kakinya, meletakkannya di atas kasur, dia sepertinya tidak bisa menutupnya kembali. Dia harus membersihkan diri, mencari celana dalamnya, memakainya kem bali... tapi pertama-tama dia ingin lebih.

"Tolong jangan berhenti, Stan. Aku ingin lebih. Aku ingin kalian semua," dia memohon. Ketika dia tidak terlihat mengerti, dia meraih celananya.

Matanya membelalak. "Tidak. Jangan goda aku." Dia berbalik dan keluar dari ruangan, sayapnya mengirimkan hembusan udara dingin tepat ke inti tubuhnya yang sangat panas, berlawanan dengan apa yang dia inginkan.

"Stan, tunggu." Tapi dia tidak kembali.

EMPAT PULUH

Stan membenamkan wajahnya ke dalam tangannya. Seharusnya dia tidak melakukannya. Seharusnya tidak bertanya padanya. Seharusnya tidak menyentuhnya. Seharusnya tidak membelai dia sampai dia mengeluarkan jeritan kegembiraan yang pertama. Seharusnya dia tidak menikmatinya sampai dia ingin melakukannya lagi, sebelum melahapnya seperti binatang gila sampai dia meneriakkan namanya, lalu menawarkan dirinya sendiri untuk lebih...

Celananya begitu ketat karena gairahnya, jika wanita itu berhasil menyentuhnya melalui celana itu, dia yakin dia akan meledak. Atau celananya yang akan melorot, yang sama buruknya, karena tidak akan ada apa-apa di antara dia dan wanita itu yang panas, basah, ketat... oh Tuhan, dia sangat menginginkannya...

Dia adalah pelindungnya, bukan pemerkosanya.

Suara-suara kecil yang ia keluarkan saat akan mencapai puncak kenikmatannya...

Dia adalah pelindungnya!

Dia seharusnya menyimpan cakarnya untuk merobek leher siapa pun yang mengancamnya, bukan menyapu dengan lembut di sepanjang dinding basah di tempat paling rahasianya saat dia menggeliat di bawahnya dalam kenikmatan yang tidak tahu malu.

Tanduknya digunakan untuk mencungkil mata mereka yang memandangnya dengan salah, bukan untuk melingkarkan jari-jarinya saat dia membimbing wajahnya di antara pahanya, sehingga dia dapat meminum rasa manisnya dari sumbernya.

Dia bahkan melingkarkan ekornya di pergelangan kakinya, memeluknya, sehingga dia tidak bisa menutup kakinya saat dia melahapnya, membawanya dengan lidahnya seperti yang tidak berani dia lakukan dengan penisnya.

Dia adalah pelindungnya. Dia seharusnya tidak memiliki pikiran seperti itu untuk kembali ke kamar tidurnya, melebarkan kakinya lebar-lebar, dan mengubur dirinya sendiri di dalam dirinya begitu dalam sehingga dia tidak akan tahu di mana dia berakhir dan dia mulai. Dan kemudian membuatnya berteriak, tidak hanya sekali, tetapi berulang kali, sampai dia begitu mabuk kenikmatan sehingga dia tidak bisa lagi beranjak dari tempat tidur sampai dia mengangkatnya dari tempat tidur, menggendongnya dalam pelukannya seperti yang dia lakukan pada minggu pertama mereka bertemu.

Stan menyalakan air di wastafel, mengaturnya sedingin mungkin, sebelum membebaskan penisnya untuk menyodorkan ke dalam neraka es yang menyembur dari moncongnya.

Dia adalah pelindungnya. Dia pantas mendapatkan hukuman ini, rasa dingin ini, karena menerima kebahagiaan yang dia tawarkan dengan sukarela berarti menerima tempatnya di neraka. Karena jika dia menidurinya, bahkan jika dia menginginkannya, dia tidak lagi menjadi pelindungnya. Dia hanya akan menjadi iblis biasa, dan kemungkinan besar dia akan dikirim kembali ke neraka, di mana dia seharusnya berada.

"Apa yang kamu lakukan?"

Dia berdiri di ambang pintu, menatapnya, masih hanya mengenakan gaun tidur pendek yang tidak banyak menyembunyikan kakinya yang telanjang, atau godaan yang ada di antara keduanya.

"Mencoba mendinginkan darah saya," katanya. Meskipun dia tidak yakin apakah dia memiliki darah. Kemaluannya tidak terlalu sakit. Mungkin air dingin telah menumpulkan gairahnya, atau mungkin air itu telah membuatnya mati rasa.

"Saya bisa saja merawat Anda. Masih bisa menjagamu, jika kamu mau. Wanita juga bisa memimpin, kau tahu."

Stan menggelengkan kepalanya. "Dan rasanya seperti terong, katamu." Jika ada, itu semakin mendinginkan semangatnya.

Dia tertawa pelan. "Yah, satu orang pernah melakukannya. Saya tidak pernah melakukannya lagi. Mungkin setan memiliki rasa yang berbeda. Aku bersedia untuk mencobanya. Itu adil, setelah kau... dan aku pasti mau... tapi kenapa kau tidak?"

Ada air mata di matanya, dia melihat sekarang. Dia telah menyakitinya entah bagaimana. Mungkin tidak secara fisik, tapi... secara emosional. Mungkin.

"Berbohong dengan Anda akan menjadi dosa. Dosa yang akan mengutuk jiwaku selamanya. Saya adalah iblis sekarang, tetapi sebagai pelindung Anda, saya percaya saya telah diberi kesempatan untuk menjadi lebih baik. Untuk mengubah nasib jiwaku. Jadi mengambil apa yang Anda tawarkan tanpa menikahi Anda akan mengutuk saya ke neraka, dan mungkin Anda juga. Beberapa pelindung yang akan membuat saya."

Pemahaman muncul di matanya. "Aku masih tidak yakin aku percaya pada semua itu, tapi aku menyimpulkan kau percaya, dan mengingat kau sebenarnya adalah iblis, mungkin aku harus percaya pada setidaknya beberapa hal. Aku masih tidak melihat bagaimana aku memberimu blowjob itu buruk dan apa yang kau lakukan tidak, karena aku bisa katakan padamu, tidak ada yang buruk dari semua itu. Jika Anda mempelajari semua itu dari buku, Anda adalah seorang pelajar yang hebat, dan saya dapat mengatakannya sebagai seorang pelajar yang pikiran dan tubuhnya baru saja Anda hancurkan. Wow, Stan. Hanya... wow."

"Saya adalah pelindung yang buruk. Saya tidak tahu mengapa Anda tidak mengirim saya kembali ke neraka sekarang juga."

Dia mengambil langkah lebih dekat. "Apakah Anda ingin kembali?"

"Tidak! Saya tidak pernah ingin kembali. Aku ingin menebus diriku sendiri. Mungkin mendapatkan tempat di ... tempat lain ... di mana saya akan melihat Carline lagi."

Kesedihan menyelimuti pundaknya saat menyebut nama Carline. "Saya berharap bisa mengetahui lebih banyak tentang dia. Hanya ada sedikit sekali yang diketahui tentang para wanita di masa awal koloni, dan bahkan lebih sedikit lagi tentang dia secara khusus. Mungkin jika ada akhirat dan Anda bisa melihatnya di sana, Anda bisa bertanya mengapa dia melakukan apa yang dia lakukan. Maka mungkin Anda bisa mendapatkan jawaban. Atau mungkin Anda dapat menawarkan untuk melakukan padanya apa yang baru saja Anda lakukan pada saya, dan dia pasti akan memaafkan Anda hampir semua hal setelah itu. Meskipun...

seks mungkin bukan sesuatu yang ada di surga, jadi mungkin tidak."

Stan seharusnya memikirkan Carline. Dia seharusnya mendengarkan apa yang dikatakan Alethea, tetapi dia tidak bisa menghilangkan bayangan yang muncul di benaknya - tentang Alethea, berbaring di tempat tidur di depannya, memohon, sampai dia memberikan apa yang dia inginkan. Apa yang mereka berdua inginkan.

Tapi bukan Carline yang ada di tempat tidur. Dia bahkan tidak dapat mengingat suaranya, atau seperti apa penampilannya. Tidak, yang bisa dilihatnya hanyalah Alethea, mendengar suaranya. Memohon padanya untuk lebih.

Apakah begitu buruk untuk menyerah pada godaan, jika itu berarti dia bisa tinggal di sini seumur hidup Alethea? Dia tidak akan pernah melihat matahari lagi, tapi dia akan menukarnya dengan menghabiskan setiap malam di tempat tidurnya. Setiap malam di dalam dirinya, mengabulkan setiap keinginannya.

Lebih baik daripada surga, pastinya.

Tetapi apakah satu masa kenikmatan yang singkat itu sepadan dengan menghabiskan kekekalan setelahnya di neraka?

Dia berharap dia tahu. Kalau saja dia ingat betapa buruknya neraka... maka dia akan tahu pasti apa yang harus dipilih.

Satu hal yang pasti - jika dia harus memilih antara Carline dan Alethia, hantu masa lalunya atau rasa manis yang lembut dan agung yang memanggilnya di masa sekarang, dia tahu persis apa yang dia inginkan.

"Maukah kau ikut ke tempat tidur? Hanya untuk memelukku lagi. Aku akan memakai celana dalamku kembali, dan kamu bisa mengancingkan celanamu kembali. Jadi kita tidak... menggoda... satu sama lain lagi."

Tidak ada yang bisa menghentikannya untuk menggodanya. Sekali lihat, sekali sentuh... dan dia tidak akan pernah melupakan rasanya. Tapi dia bisa menahan godaan. Dia pernah melakukannya sebelumnya. Dia bisa melakukannya lagi.

Stan menganggguk, dan mengikutinya ke tempat tidur.

Empat Puluh Satu

Alethia menyampaikan pidatonya dengan sempurna, dan disambut tepuk tangan dari semua orang yang hadir. Sesuai dengan janjinya, Stan tidak mengatakan sepatah kata pun kepada siapa pun sejak mereka tiba di ruang kuliah, tetapi dia mengamati kerumunan, mengawasi setiap bahaya yang mengancamnya. Dia mungkin bukan pelindung yang baik, terutama dengan semua kesalahan yang dia lakukan semalam, tapi dia berniat melakukan yang terbaik untuk menebus kesalahan-kesalahan itu sekarang. Tentu saja, melihat kerumunan orang hanya membuatnya ingin berbicara lebih banyak, karena apa yang dilihatnya... lebih dari segalanya, sekarang, dia mengerti mengapa dia harus melindunginya. Alethia sangat penting dengan cara yang bahkan tidak ia pahami ketika hanya ada mereka berdua di apartemen orangtuanya. Di tengah kerumunan orang banyak ini, semuanya menjadi masuk akal.

Ketika para pembicara turun dari panggung menuju meja tempat teh dan kopi disajikan, Stan memastikan bahwa ia lebih dulu menghampiri Alethia.

"Saya tahu Anda mengatakan saya tidak boleh mengatakan apa-apa, tetapi saya harus mengatakan sesuatu kepada Anda. Sesuatu yang penting."

"Apakah nyawa saya dalam bahaya?" tanyanya.

"Tidak, tapi..."

Dia santai. "Baiklah, kalau begitu. Ada apa?"

"Tadi itu luar biasa. Luar biasa. Tahukah Anda bahwa Anda berhasil menarik perhatian setiap orang di ruangan ini, dari saat Anda mulai berbicara, hingga akhir? Tidak ada orang lain yang bisa melakukan hal itu malam ini. Saya rasa ada seorang pria yang bahkan tertidur, tapi dia bangun untuk mendengarkan ceramah Anda. Saya tidak memahaminya sebelumnya, karena saya tidak pernah melihat Anda di luar apartemen, tetapi Anda benar-benar seorang sarjana dan guru. Bukan hanya karena betapa Anda menyukai penelitian - meskipun saya telah melihat kecintaan Anda pada hal itu juga, ketika Anda membantu saya dan mengerjakan laporan Anda tentang pemakaman. Cara Anda bercerita, hampir seperti sulap. Ada sesuatu yang memukau tentang dirimu saat kau berbicara. Jika aku adalah suamimu..."

"Stan," dia memperingatkan. "Jika Anda akan mulai berbicara omong kosong lagi, Anda bisa berdiri di luar sampai waktunya pulang."

Jika dia mengusirnya untuk berdiri di luar, itu akan sia-sia, hanya untuk memberitahunya. "Jika saya adalah suami Anda, saya tidak akan pernah mengizinkan Anda untuk berhenti menjadi seorang sarjana, seumur hidup Anda, bahkan jika saya harus melawan setiap pria dan wanita di universitas untuk mewujudkannya. Anda luar biasa, dan orang-orang ini beruntung bisa bekerja bersama Anda." Dia membungkuk dalam-dalam. "Saya akan melihat diri saya keluar, dan saya akan menunggu Anda di luar sepanjang malam, jika itu keinginan Anda." Kemudian dia berbalik untuk pergi.

"Paman Stanley?"

Ada seorang pria yang menatapnya. Seorang pria yang terlihat lebih tua darinya, yang tidak masuk akal, karena dia tidak mungkin paman dari pria ini.

Pria itu menyeringai. "Itu kamu, saya yakin itu kamu! Kau adalah Stanley Steel, saudara laki-laki ibuku, Paman Stanley. Saya Dunstan Stone, keponakan tertua Anda. Kami menerima surat Anda yang menyuruh kami datang ke Clarence Town untuk menemui Tuan Peel, dan tidak ada kabar setelah itu, tapi kami tetap datang ke sini, secepat mungkin. Itu adalah sebuah cerita tersendiri, tapi saya tidak akan membuat Anda bosan dengan detailnya. Setidaknya belum, sampai Anda menceritakan apa yang terjadi pada Anda, dan bagaimana Anda bisa berada di sini sekarang! Kamu harus datang untuk minum kopi di tempat Anemone. Aku bersikeras!"

"Stan?" Wajah khawatir Alethia muncul di sikunya. "Apa kamu kenal orang ini?"

Stan menoleh dari wanita itu ke pria tersebut. Siapa namanya tadi? Dunstan? Nama itu terdengar samar-samar, tapi Stan yakin dia belum pernah melihat pria ini sebelumnya dalam hidupnya. "Dia bilang dia keponakan saya," kata Stan tanpa daya. Itu tidak mungkin benar. Keponakan yang pernah ia miliki pasti sudah berusia lebih dari satu abad. Sudah lama meninggal, sama seperti dia.

"Anda bertanya tentang salah satu nenek moyang Anda," kata Alethia perlahan.

Dunstan meraih lengan Stan. "Orang ini, Stanley Steel. Paman saya," katanya dengan bangga. "Anda harus datang ke rumah istri saya untuk minum kopi setelah ini selesai."

Seorang wanita hamil berambut keriting muncul di sisinya. Istrinya, Stan menduga. "Dunstan, kamu tidak bisa begitu saja mengundang orang asing di tengah malam. Mungkin kita harus pergi ke kafe saja. Tempat Tacey masih buka. Kita bisa pergi ke sana. Dia mungkin masih punya beberapa muffin yang tersisa."

"Kamu kenal Tacey?" Alethia bertanya.

Wanita itu tertawa. "Tentu saja. Rumah saya di seberang jalan dari kafenya, dan saya hidup dari muffinnya. Bahkan sekarang saya makan untuk dua orang." Ia menepuk-nepuk perutnya, seakan-akan ia sangat senang mengumumkan kondisinya kepada semua orang di ruangan itu.

Stan membuka mulutnya untuk bertanya kepadanya bagaimana dia bisa begitu berani tentang sesuatu yang begitu...

Alethia melompat masuk: "Tacey adalah sepupu saya. Jika Anda adalah temannya, saya yakin kami akan sangat aman bersamamu. Pimpinlah jalannya."

Stan menutup mulutnya dan mengikuti wanita itu.

Empat Puluh Dua

Lampu-lampu masih menyala di Shut Up Café, tapi tanda TUTUP terlihat jelas di pintu saat mereka melewatinya dalam perjalanan menuju apartemen Anemone. Tacey tidak terlihat di mana pun - mungkin sedang berada di dapur, sedang mencuci piring, pikir Alethia. Untung saja mereka telah sepakat untuk pergi ke rumah wanita ini... sebelum Stan sempat memasukkan kakinya ke dalam mulut dan mengatakan sesuatu yang tidak seharusnya.

"Diamlah," desisnya saat Anemone melangkah masuk ke dalam foyer.

Seseorang di belakangnya tertawa kecil. "Mengapa, apakah Anda pikir dia akan menunjukkan bahwa dia berusia lebih dari dua ratus tahun jika dia tidak diam? Seperti Dunstan atau Torstan yang bisa berbaur selama lebih dari lima menit - ha! Kamu akan cocok, Paman Stan."

Alethia menoleh, dan mendapati sekelompok orang mengikuti di belakang mereka. "Siapa kalian?" tanyanya, bingung.

Pria yang paling dekat di belakangnya membungkuk. "Saya Ben Stone, adik bungsu, dan saya seorang seniman. Saya paling terkenal dengan kartun gargoyle saya, di mana seekor gargoyle berusia berabad-abad terbangun di masa kini dengan kasus penarikan kafein yang parah, dan tinggal di sebuah kedai kopi. Saya ada di semua media sosial. Viral seperti yang tidak akan Anda percaya. Dan ketika saya tidak menggambar, Anda akan menemukan saya melakukan hubungan seks yang panas, keras, dan berat dengan Rochelle yang cantik di sini." Dia menarik seorang gadis yang memprotes ke dalam pelukannya dan membungkukkan badannya untuk sebuah ciuman yang mencolok.

"Kamu tidak boleh mengatakan itu pada orang lain," omelnya ketika dia melepaskannya.

"Mengapa? Ini adalah paman saya, dan tidak mungkin dia bisa hidup tanpa bantuan supranatural. Benar, Paman Stan?"

"Masuklah ke dalam sebelum ada yang mendengarmu dan kita akan kedatangan sirkus media baru yang berkemah di depan pintu rumah kita di pagi hari, mencari Manusia Ngengat lagi!" seorang wanita baru mendesis, mendorong Ben ke arah pintu. Di bawah cahaya, Alethia mengenali Catena.

"Jika mereka melakukannya, hubungi saya. Saya telah membuat setelan yang paling bagus, dan setelan itu tiba beberapa hari yang lalu. Saya akan memakainya dan memberikan pertunjukan yang menarik bagi awak media." Ben menggeliat-geliat di tempat yang dengan jelas dikenali Alethia sebagai Macarena. "Jangan khawatir, Paman Stan. Aku bisa mengajarimu agar kau bisa mengadakan pertunjukan pribadi untuk pacarmu di sini juga." Dia mengedipkan matanya.

"Semua orang di dalam, tolong, agar saya bisa mengunci!" Anemone memanggil.

Ben dan yang lainnya masuk ke dalam.

"Naik tangga, apartemen saya ada di sebelah kanan. Tempat Catena ada di sebelah kiri, tapi aku punya mesin pembuat kopi dan kue yang lebih baik, jadi kita akan pergi ke tempatku. Oh, dan hati-hati dengan kucingnya. Namanya Lucky dan dia suka menyelinap keluar, jadi cobalah untuk tetap berada di dalam rumah. Dia tidak terlalu suka dengan orang baru, jadi dia mungkin akan menghilang begitu pintu ditutup, tapi untuk b erjaga-jaga..." Anemone membuka pintu, dan sebuah garis hitam keluar. Tepat ke dalam pelukan Dunstan.

Dia berhasil memegang kucing yang meronta-ronta sementara semua orang bergegas masuk ke dalam rumah, tetapi begitu pintu ditutup, dia menyerah dan membiarkan kucing itu lepas. Namun, alih-alih pergi, ia langsung menuju ke arah Stan, yang duduk di sofa. Setelah beberapa kali bergesekan dengan tulang keringnya, dia melompat ke pangkuannya dan duduk di sana, mendengkur sambil meremas-remas celana jinsnya.

"Ah." Anemone menatap kucing itu sejenak, sebelum duduk di hadapan Stan. "Jadi, Stanley Steel, sudah berapa lama kau menjadi gargoyle?"

"A apa?" Stan dan Alethia bertanya bersamaan.

"Seekor gargoyle. Sayap, tanduk, cakar, ekor, keras kepala yang berlangsung sepanjang malam, alergi terhadap sinar matahari dan tidak perlu tidur, makan atau minum?" Kata Ben.

"Tapi..." Stan mulai, matanya membelalak.

Ben duduk di samping Stan dan melingkarkan lengan di bahunya. "Saya akan menangani penjelasannya. Kalian urus saja minumannya. Bukan karena perempuan lebih baik dalam hal itu... kecuali Anemone dan Rochelle akan mengusir kita dari dapur, untuk alasan yang bagus."

Alethia mengangkat tangannya. "Saya juga termasuk dalam klub yang dilarang masuk dapur." Dia pindah untuk duduk di sisi lain Stan.

Ben tidak mau menerima semua itu. Hal yang tidak masuk akal, karena dia jelas terlihat seperti orang termuda di ruangan itu. "Tidak, aku harus bicara dengannya tentangmu, jadi kamu pergi bersama para gadis. Aku berjanji, jika dia mencoba menceritakan tentang kehidupan di Skotlandia abad ke-19 atau Koloni Sungai Angsa, kita bisa menandinginya, kisah demi kisah. Selain itu, dia mungkin akan membutuhkan minuman saat kita selesai dengannya, dan Anemone adalah yang terbaik untuk membuatnya."

Anemone menyelipkan lengannya ke lekukan siku Alethia. "Dia akan baik-baik saja dengan mereka, aku janji. Mereka kebanyakan tidak berbahaya, saat mereka tidak berusaha melindungiku dari sesuatu." Dia meringis.

"Tunggu... mereka adalah pelindungmu? Pelindung iblis?" Dan dia menikah dengan salah satunya? Alethia hampir tidak bisa mempercayai apa yang dia dengar.

Semua orang tertawa terbahak-bahak kecuali Alethia dan Stan.

"Tidak, pelindung gargoyle. Iblis tidak ada!" Dunstan meledak, di tengah lebih banyak tawa.

Ben berhenti tertawa. "Ya, memang benar. Aku pernah bertemu dengan salah satunya. Di sebuah kelas seni. Dia memberiku kartu namanya untuk berjaga-jaga jika aku membutuhkan jasanya. Aku mungkin masih menyimpannya di suatu tempat." Dia mendongak dan mendapati semua orang menatapnya. "Apa? Itu adalah kelas seni untuk umum. Terbuka untuk siapa saja. Tidak ada tanda yang mengatakan bahwa gargoyle dan setan tidak diperbolehkan. Kami mengobrol dengan ramah. Sama seperti yang akan kita lakukan dengan Paman Stanley di sini."

Alethia menelan ludah. Ini sepertinya akan menjadi ide yang buruk.

"Apakah Anda ingin membantunya? Mengembalikan hidupnya, dan kebebasannya?" Anemone bertanya.

"Apakah itu mungkin?" Alethia tersedak.

Anemone mengangguk. "Dengan bantuanmu, mungkin saja. Ikutlah denganku."

Alethia mengikutinya ke dapur.

Empat Puluh Tiga

"Tuhan, dia seksi. Apakah kamu sudah menidurinya?" Ben bertanya.

Stan menatapnya dengan ngeri, sementara orang-orang lain mencaci maki dia karena kurangnya sopan santun.

"Apa? Dia seksi. Saya ingin melukisnya. Di pantai, dengan pakaian renang," kata Ben sambil melamun. Kemudian dia mengguncang dirinya sendiri. "Tapi tidak sampai cuaca lebih hangat. Piknik pantai keluarga saat Natal di Pantai Bather. Kamu siap untuk itu?" Ketika ia tidak mendapat jawaban, ia menghela napas kesal. "Baiklah. Aku akan serius. Tapi, serius, mematahkan kutukan itu jauh lebih mudah jika kau menidurinya, seperti yang Tor katakan padamu. Suatu malam dengan Catena dan boom! Sayapnya lepas dan dia menjadi manusia baru." Dia mengerutkan kening. "Rochelle dan aku sudah lama melakukannya sebelum kami mematahkan kutukan itu, dan Anemone mengandung bayi Dunstan selama berbulan-bulan sebelum dia berhasil mematahkannya. Mungkin akan membantu jika Anda melakukannya dalam bentuk monster Anda. Para wanita tampaknya juga menyukainya, dan itu sangat membantu."

Stan tidak yakin apa yang harus dikatakan kepada anak ini. "Siapa kamu?" hanya itu yang keluar dari mulutnya.

"Sudah kubilang. Aku Ben Stone. Aku, Dunstan dan Torstan adalah keponakanmu. Anda mengirimi Ma dan Da kami surat, menceritakan betapa indahnya kehidupan di Koloni Sungai Angsa, dan bagaimana kami semua harus datang dan bergabung dengan Anda, dan hanya itu, sampai kami tiba di sini dan tidak ada yang tahu siapa Anda, atau apa yang terjadi pada Anda. Lalu kami dikutuk menjadi gargoyle, dan terbangun di sini. Kami masing-masing ditugaskan untuk melindungi seorang wanita, dan kami melakukannya, kecuali Dunstan yang tidak menggunakan pelindung apapun, tentu saja, itulah sebabnya Anemone sekarang mengandung anak kembar. Dengan bantuan para wanita, kami semua berhasil mematahkan kutukan itu, lalu kami pergi mencarimu. Dan di sinilah kamu!"

"Tapi kamu... kamu tidak seperti saya. Kau terdengar seperti... mereka." Dia melambaikan tangan ke arah para wanita itu pergi.

Dunstan tertawa. "Anda harus memaafkan Ben. Dia adalah orang pertama di antara kita yang terbangun di masa kini, dan dia terbangun di sekolah, tempat dia belajar tentang dunia modern dari anak laki-laki seusianya."

Ben menatapnya dengan tatapan kotor. "Para remaja di perguruan tinggi seni, terima kasih banyak. Anak laki-laki dan perempuan, karena ini adalah zaman modern, bukan zaman kegelapan saat kalian bersekolah. Dan saya adalah seorang pria seperti kalian semua. Saya telah terjaga selama dua puluh satu tahun, tetapi jika Anda menghitung tahun-tahun saya tertidur, saya mendekati dua ratus tahun."

"Kapan kamu lahir?" Stan bertanya.

"1834."

Stan berkedip. "Itu... itu adalah tahun kematianku."

"Kecuali kamu tidak mati, karena kamu ada di sini sekarang. Apa kau ingat apa yang terjadi? Malam saat kau dikutuk?" Dunstan mencondongkan tubuhnya ke depan, ingin sekali mendengar jawabannya.

Ben menunjuk ke arah saudara-saudaranya. "Tak satu pun dari mereka yang ingat malam ketika kami dikutuk. Aku ingat, karena aku terbangun saat bajingan itu mengiris jantungku, dan membunuhnya. Apakah William Pearse yang mengutukmu juga?"

"William... Pearse?" Stan menggelengkan kepalanya. "Aku belum pernah mendengar nama itu. William Steel, mungkin, tapi aku yakin wanita itu yang membunuhku. Carline Steel, wanita yang ingin kujadikan istri."

"Beritahu kami," Dunstan menuntut. "Ceritakan semuanya."

Jadi Stan melakukannya.

Empat Puluh Empat

Anemone meletakkan secangkir kopi di depan Alethea. "Dari mana kau mendapatkannya?"

Alethea mempertimbangkan untuk mengarang cerita tentang pertemuannya dengan pria itu di aplikasi kencan, tapi sepertinya ini lebih tepat untuk menceritakan yang sebenarnya. "Pemakaman Perth Timur," katanya sebagai gantinya.

"Bagaimana?"

Bagian ini tidak akan terdengar bagus, bahkan bagi orang-orang yang percaya pada setan dan... hal-hal lainnya. "Saya berkencan dengan pria ini, yang mulai menguntit saya. Ketika saya menceritakannya pada Callie, dia mengatakan bahwa dia memiliki mantra untuk memanggil seorang pelindung untuk saya..."

Mata Rochelle membelalak. "Malam para gadis yang Tacey coba ajak aku ke sana? Tapi Callie tidak percaya pada sihir!"

"Itu juga yang saya pikirkan, tapi dia bilang dia telah berbicara dengan semacam... kartun is..." Ben. Dia pasti sedang berbicara dengan Ben, Alethia menyadari. "Pokoknya, dia bilang akan menyenangkan untuk mencoba mantranya, jadi kami pergi ke pemakaman tempat kami melakukan penggalian arkeologi, tapi kemudian satpam datang, dan yang lain lari, tapi pergelangan kakiku terkilir, jadi aku mengalihkan perhatian satpam dengan meminta bantuan agar mereka bisa pergi. Hanya saja... Stan muncul dan membawa saya pulang."

"Menerbangkanmu pulang?" Catena bertanya.

Bagaimana mungkin dia bisa tahu itu? "Ya." Alethia membasahi bibirnya. "Tapi dia bilang dia adalah pelindung iblisku. Bahwa aku memanggilnya untuk melindungiku."

Anemone menatap melamun ke dalam cangkir kopinya. "Semua besar dan berotot dan telanjang, siap untuk meraup Anda ke dalam pelukannya pada saat yang tepat? Gargoyle memang luar biasa, bukan? Oh, dan begitu Anda membawa mereka ke tempat tidur... mereka akan menindih Anda dengan keras, dan juga sepanjang malam." Dia menghela nafas, lalu menyesapnya.

"Dia tidak akan... Maksud saya, kami belum..." Alethia tergagap.

"Apa lagi yang Anda tunggu? Serius, seks monster itu luar biasa. Maksud saya, setelah Anda bisa mengatasi ukurannya, dan ukurannya jelas merupakan nilai tambah, itu adalah seks terbaik yang pernah Anda miliki. Sekali Anda mencicipi monster, Anda tidak akan pernah kembali lagi," kata Rochelle.

"Saya mau jika dia mau, tapi dia hanya... dia pikir dia adalah setan, dan jika kita melakukannya, dia akan langsung kembali ke neraka, dan dia tidak akan pernah melihat nama itu lagi," kata Alethia dengan nada sedih, sambil menyesap kopinya.

"Siapa namanya, dan siapa dia baginya?" Anemone bertanya.

Alethia mengangkat bahu. "Namanya Carline Steel, sebelum dia menikah dengan Sean Bell, dan menjadi Carline Bell. Dia meninggal pada tahun 1887, di sini, di Australia Barat. Dia sebenarnya adalah salah satu leluhur saya. Stan mengatakan bahwa dia seharusnya menikahinya, tetapi dia juga mengatakan bahwa dia tidak tahu. Pertama kali dia melihat saya, dia mengira saya adalah dia, dan bertanya mengapa saya membunuhnya, karena dia mengira itu adalah dia."

Anemone tampak muram. "Dia jatuh cinta pada seorang wanita yang sudah meninggal.. . dan wanita yang mengutuk dan membunuhnya? Oh, itu kacau. Seseorang harus memberitahu Dunstan. Atau Ben. Di antara mereka, mereka akan membantunya meluruskan pikirannya dan mengusir penyihir pembunuh itu, atau setidaknya membantunya menyadari siapa wanita itu. Dia harus melakukannya, sebelum dia bisa mematahkan kutukannya. Dia juga membutuhkan bantuanmu. Jika Anda tertarik untuk membantunya, tentu saja. Maksudku, seksnya fenomenal, tapi pria berusia dua ratus tahun adalah perawatan yang tinggi. Mereka tidak tahu cara menggunakan mesin pembuat kopi."

"Atau microwave," Alethia menimpali. "Ya, aku sudah berjanji akan membantunya. Kupikir aku akan menyesal telah membuat kesepakatan dengan iblis, tapi dia sangat baik. Yah, kecuali untuk masalah seksnya, tentu saja."

"Itu karena dia bukan iblis. Dia adalah gargoyle. Berubah menjadi batu di bawah sinar matahari adalah pertanda yang cukup besar," kata Anemone. "Dia merusak tempat tidur saya dan kami harus membeli yang baru." Dia mendongak dan mendapati yang lain menatapnya. "Apa? Kita lupa menutup tirai, bangun keesokan paginya dan dia sudah kaku. Sangat berat sampai-sampai tempat tidurnya rusak. Itu saja." Dia menyeringai. "Jadi, jika kamu membantunya mematahkan kutukan itu, Stan-mu tidak akan merusak tempat tidurmu. Lebih baik lagi, kamu bisa mengajaknya ke pantai pada siang hari, atau pergi makan siang bersama, dan dia akan makan. Serius, jika Anda dapat mematahkan kutukannya, dia akan menjadi seperti pria normal lagi, kecuali dengan... kemampuan ekstra tertentu. Oh, dan dia akan mendapatkan ingatannya kembali juga. Yang bisa sangat berguna bagi seorang arkeolog yang berspesialisasi dalam periode waktu ketika dia masih hidup."

Ya, tentu saja. Semua alasan itu. Tapi juga... itu akan memenuhi janjinya padanya, untuk membantunya. Mungkin tidak seperti yang mereka harapkan, tapi... apa salah jika dia berharap bisa mendapatkannya, dan bukannya Carline si penyihir pembunuh?

"Apa yang harus saya lakukan untuk mematahkan kutukan itu?" Alethia bertanya dengan penuh semangat.

Empat Puluh Lima

"Jadi pada dasarnya, Anda memegang obor untuk penyihir gila yang memotong jantung Anda dan mengutuk Anda untuk hidup dalam perbudakan abadi karena kakaknya sombong?" Ben berkata sambil menggelengkan kepalanya. "Padahal kamu bisa saja berpelukan dengan Marilyn Monroe yang montok di dapur, atau lebih baik lagi, memukul-mukulnya hingga kalian berdua menemukan cara untuk mematahkan kutukan itu? Kau punya masalah, bung. Masalah serius. Kau ingin saranku? Pulanglah, lupakan orang-orang gila di masa lalumu, yang sudah pasti berada di neraka, berikan gadis itu penis yang bagus, lalu kembalilah dan kita akan bicara tentang mematahkan kutukan."

"Tapi saya tidak seperti Anda. Aku iblis, bukan gargoyle," kata Stan.

Ketiga orang itu - keponakan-keponakannya, jika mereka bisa dipercaya - menggelengkan kepala.

"Apakah Anda ingat semua yang pernah terjadi pada Anda?" Ben menuntut.

Stan menggelengkan kepalanya.

"Ini adalah bagian dari mantra perbudakan gargoyle. Jika Anda mematahkan kutukannya, Anda akan mendapatkan semua ingatan Anda kembali. Apakah Anda berubah menjadi batu di bawah sinar matahari?"

Stan ingin menggelengkan kepalanya, tapi dia berbohong. Dia sempat menjemur tangannya di bawah sinar matahari, sebelum menekan tombol untuk menutup daun jendela. Butuh waktu hampir satu jam sebelum tangannya kembali normal. "Ya."

"Gargoyle". Iblis tidak memiliki masalah berjalan-jalan di bawah sinar matahari dan berpapasan dengan orang normal. Kecuali matanya. Mata mereka bisa menjadi hitam pekat saat mereka marah, atau memikirkan sesuatu yang sangat gelap. Apa matamu bisa seperti itu?" Ben menuntut.

Stan menggelengkan kepalanya. Tapi dia sangat yakin...

"Apakah Anda berdarah ketika kulit Anda dipotong?"

Stan menggelengkan kepalanya. Kulitnya tidak terluka sama sekali.

"Itu karena Anda terbuat dari batu hidup. Kau adalah gargoyle. Iblis memiliki kulit yang tidak jauh berbeda dengan manusia... dan mereka berdarah hitam. Hadapilah, Paman Stan. Kau bukan setan. Kau dulunya adalah manusia, sampai seorang wanita jalang pembunuh gila memotong jantungmu dan mengubahmu menjadi gargoyle, dan sekarang kau adalah pelindung Marilyn."

"Alethia. Namanya Alethia, bukan Marilyn," bentak Stan.

"Tapi dia masih membuatmu keras di semua tempat yang tepat ketika kamu melihatnya, apakah aku benar? Ketika Anda membayangkan bagaimana rasanya membuatnya telanjang di tempat yang aman, hanya Anda dan dia, kekerasan Anda terhadap kelembutannya, dan boom?"

"Itu tidak... tidak akan seperti..." Stan merasakan pipinya menjadi panas. Dia tidak mungkin tersipu malu. Dia tidak memiliki darah, demi Tuhan. Kecuali Ben salah dan dia adalah setan...

"Aku belum pernah melihat gargoyle merona sebelumnya. Hei, teman-teman, apakah kalian pernah mendengar gargoyle memerah?" Ben bertanya.

Saudara-saudaranya menggelengkan kepala.

"Sepertinya Anda mungkin sudah mulai menolak kutukan itu. Itu bagus. Luar biasa, bahkan. Sekarang, bawa pulang gadismu dan lihat apa kau bisa mengalirkan darah ke tempat lain, di mana kau bisa melakukan sesuatu yang baik." Ben memberikan dorongan pada Stan. "Kembalilah setelah kau memberi Alethia bantuan yang sehat untuk penismu."

Stan tidak yakin apa yang harus dilakukan terhadap keponakannya. Dari mereka semua, khususnya Ben yang vulgar.

Dia tidak ingin mempercayai mereka.

Tapi...

Ben memang tahu banyak tentang gargoyle dan setan, serta perbedaan di antara keduanya.

Dia tidak bisa menyerah begitu saja pada Carline. Dia telah mencintainya sepanjang hidupnya.

Tetapi jika Ben benar dan apa yang diingatnya tentang malam naas itu benar, Carline tidak hanya membunuhnya, tetapi dia juga mengutuknya, mengubahnya menjadi makhluk ini. Kemudian dia pergi dan menikah dengan orang lain. Dia tidak pernah peduli padanya. Bahkan tidak pernah mengenalnya. Namun dia telah membunuhnya tanpa berpikir panjang.

Alethea tidak akan pernah melakukan hal seperti itu, gadis yang baik hati seperti dirinya. Yang Alethea inginkan hanyalah menolongnya, bahkan ketika dia tidak perlu melakukan hal seperti itu. Dia adalah pelindungnya yang disumpah, entah dia iblis atau gargoyle atau jenis monster lainnya. Satu-satunya tujuannya adalah untuk melindunginya.

Tetapi jika dia adalah gargoyle, seperti keponakan-keponakannya, yang tidak hanya meniduri para wanita yang mereka lindungi dan hidup untuk menceritakan kisahnya, tetapi mereka juga telah berhasil melepaskan diri dari kutukan yang mengikat mereka, sehingga mereka bebas untuk menjalani hidup sesuai dengan yang mereka inginkan. Bahkan menikah, seperti yang direncanakan Anemone dan Dunstan, ketika bayi mereka lahir.

Dia harus pulang ke rumah bersama Alethea. Untuk membicarakan semua ini dengannya. Sementara dia memutuskan apakah akan meniduri Alethea, seperti yang dikatakan Ben secara tidak sengaja.

Empat Puluh Enam

Perjalanan pulang ke rumah ternyata sangat tenang. Alethia tidak yakin apa yang dikatakan keponakan-keponakan Stan kepadanya, tetapi cerita yang disampaikan Catena, Rochelle, dan Anemone kepadanya tentang membantu pasangan mereka untuk mematahkan kutukan dan menemukan tempat mereka di dunia ini, yang sangat berbeda dengan masa mereka sendiri... wow. Sebuah suara kecil di dalam benaknya merengek bahwa para wanita ini benar-benar mencintai pasangan mereka, dan karena itulah mereka berusaha keras untuk menolong mereka, sementara Alethia tidak mungkin merasakan hal itu pada Stan, atau ia pasti sudah mematahkan kutukannya sekarang, sama seperti mereka.

Alethia menginjak suara itu, sebelum menginjak rem untuk berhenti di lampu lalu lintas. Ia peduli pada Stan, dan ia telah berjanji untuk membantunya. Mungkin dia tidak sepenuhnya jatuh cinta padanya, tapi ketika dia terus berbicara tentang Carline, dan betapa hatinya masih milik Carline, tidak heran. Dia tidak ingin terluka, jatuh cinta pada pria yang tidak mencintainya.

Tapi Stan akan sangat mudah untuk jatuh cinta. Yang harus dia lakukan hanyalah menatapnya dengan mata anjing yang menyala-nyala dan mengatakan sesuatu dengan Suara Itu yang membuat hatinya (dan celananya) meleleh, dan dia akan pergi. Hilang.

Kalau saja...

Haha, seandainya saja dia mau membaca buku Ben. Alethia hampir tidak percaya bahwa ia berasal dari masa lalu, ketika ia tampak begitu normal. Yah, tidak normal sebenarnya, tapi sepertinya dia sangat cocok dengan masyarakat modern, tidak ada yang bisa menebak yang sebenarnya. Rochelle bahkan telah menunjukkan saluran video Ben kepadanya - pria itu memiliki jutaan pengikut untuk kartun gargoyle-nya, dan dia baru saja hidup di masa kini selama beberapa bulan. Tapi kartun-kartun itu sendiri... yah, mereka bisa saja terjadi di apartemennya, alih-alih di Shut Up Café, dengan Stan sebagai gargoyle dan dia sebagai barista, karena Ben telah mendapatkan dinamika yang tepat. Monster dari masa lalu, berjuang untuk menemukan tempatnya di dunia yang tidak ia pahami, dan pencerahan-pencerahan aneh yang ia dapatkan tentang dunia yang sangat dalam atau lucu atau sedikit dari keduanya.

"Ben cukup berkarakter, bukan?" Alethia memberanikan diri.

Stan mendengus.

Dia mencoba lagi. "Saya tergoda untuk mencari situs webnya ketika saya sampai di rumah, dan menonton semua kartunnya. Yang ditunjukkan Rochelle kepada saya seperti..."

"Ketika kita sampai di rumah, saya akan memberikanmu waktu satu menit sejak pintu ditutup untuk menanggalkan pakaian, sebelum saya merobek semua pakaianmu," geram Stan.

Dan... ada sepasang celana dalam yang basah kuyup. Dia tidak tahu harus berkata apa untuk itu. Sial, ya, akhirnya, adalah hal pertama yang terlintas dalam pikirannya, tapi apa yang terjadi dengan JANGAN GODAKAN AKU? Ini benar-benar di luar karakter Stan, tidak peduli seberapa besar dia menginginkannya. Jadi dia memilih satu kata: "Mengapa?"

Tatapannya seakan membakar pakaiannya tanpa menyentuhnya. "Karena tadi malam aku membuat kesalahan besar. Aku mengabaikan keinginanku dan keinginanmu, demi harapan samar akan persetujuan dari seorang wanita yang membunuhku bahkan sebelum dia mengenalku. Aku bahkan tidak ingat seperti apa dia. Ketika aku memikirkannya, yang kulihat hanyalah dirimu. Berbaring telanjang di tempat tidur di depanku, untukku..."

Sial, mulutnya kering. Hanya terdengar suara hasrat telanjang dalam suaranya. Dia siap untuk menepi ke sisi jalan, menyeretnya ke kursi belakang mobilnya dan...

"Jadi, kamu punya waktu satu menit sejak pintu itu tertutup untuk menyelamatkan pakaianmu agar tidak terkoyak, karena sebelum malam ini berakhir, aku akan masuk ke dalam dirimu, dan tidak ada yang bisa menghentikanku untuk mengambil apa yang aku inginkan."

Dia menelan ludah, dan menelan ludah lagi. Dia seharusnya tidak menginginkan apa yang dia katakan. Itu sangat salah, namun terdengar sangat benar...

"Ketika kita sampai di rumah, kita akan berdiskusi secara rinci tentang persetujuan, sobat, karena saya rasa kamu tidak mengerti bagaimana cara kerjanya," dia mendapati dirinya berkata, bahkan ketika suara kecil di dalam dirinya berteriak yesyesyesyesyesFUCKyes...

Dia mengeluarkan suara mencemooh jauh di dalam tenggorokannya, seolah-olah dia juga bisa mendengar suara itu. "Saya mengerti apa itu persetujuan. Itu adalah Anda mengatakan ya, yang Anda lakukan tadi malam, dan Anda akan melakukannya lagi, karena saya tahu Anda menginginkan saya seperti halnya saya menginginkan Anda."

"Saya mengatakan ya untuk bereksperimen dengan seks oral, bukan Anda yang merobek pakaian saya, dan mengubur diri Anda di dalam tubuh saya seperti binatang buas." Tapi dia benar-benar mau, terutama jika dia memintanya dengan suara itu. Saat ini, pada kenyataannya...

"Dan begitulah cara itu akan dimulai. Ya saat Anda membuka diri Anda kepada saya. Ya saat Anda membungkus diri Anda di sekitar saya. Ya saat Anda meledak dengan kenikmatan yang Anda tahu bisa saya berikan. Ya untuk melakukannya lagi sampai Anda memohon lebih, seperti tadi malam. Dan..."

Jeda yang begitu lama, membuat Alethia merasa sakit. Sakit untuk semua yang dia katakan akan dia lakukan, serta apa yang akan terjadi selanjutnya. "Ya?" dia bertanya.

Dia mengeluarkan suara tawa. "Sudah setuju, aku mengerti. Ketika aku mengklaim tubuhmu dengan tubuhku sendiri, tidak akan ada lagi kata-kata seperti itu. Tubuhmu akan tahu bahwa kamu adalah milikku, dan bibirmu akan meneriakkannya untuk didengar semua orang."

Mungkin mereka harus berhenti di pinggir jalan. Karena dia sudah terengah-engah, dan jika dia akan berteriak seperti yang dia janjikan, mungkin lebih baik para tetangga tidak mendengarnya. Atau seluruh bangunan...

Kecuali bahwa mereka sudah masuk ke tempat parkir, dan dia sudah menunggu cukup lama untuk ini. Persetan dengan para tetangga, dan apa pun yang dipikirkan orang lain.

Dia melayang menaiki tangga, hampir tidak menyadari bunyi klik pintu saat pintu itu menutup di belakangnya.

"Sebentar, Alethia, sebelum aku menjadikanmu milikku," geram Stan dalam Suara Itu.

Satu menit itu terlalu lama.

Empat Puluh Tujuh

Stan menguntitnya, mengikutinya ke kamar tidur saat ia melepaskan sepatu, jaket, kemeja, dan kaus kakinya, sebelum ia bergumul dengan pengikat roknya yang aneh, yang disebut ritsleting.

Dia sudah melepas sepatu dan kemejanya di sepanjang jalan, tetapi dia akan tetap memakai celana panjangnya lebih lama lagi. Setidaknya sampai dia memohon untuk melepaskannya.

Dia mengumpat sambil menarik ritsletingnya, matanya membelalak saat dia berbalik dan melihat betapa dekatnya pria itu berdiri. Alethia mencicit, lalu melupakan roknya dan membuka korset kecil yang disebutnya bra, sehingga payudaranya tumpah keluar, memohon agar pria itu menyentuhnya.

Stan tidak peduli berapa banyak waktu yang telah berlalu. Dia akan memilikinya, sekarang. Dia menggendongnya dan melemparkannya ke tempat tidur, mengangguk setuju saat dia merangkak mundur hingga punggungnya menempel pada bantal, seperti tadi malam.

Namun tidak seperti tadi malam, rok ketatnya menahan pahanya, mencegahnya untuk mengambil apa yang ingin dia tawarkan padanya. Dengan kedua tangannya, ia merenggut rok tersebut hingga ke pinggang, sehingga tidak lagi menghalangi jalannya. Lututnya terbuka, memperlihatkan potongan renda di antara kedua kakinya yang sekarang menghalangi jalannya. Dia menyelipkan satu cakar di antara kulitnya dan renda yang menyinggung, menggosokkan buku jarinya pada kulitnya yang basah saat dia tersentak saat disentuh. Kemudian cakar kedua, saat dia bertemu dengan tatapannya yang penuh pertanyaan.

"Sudah kubilang aku akan merobeknya darimu," katanya, sambil mencabik-cabik renda yang tidak berguna dengan cakarnya, dan melemparkan sisa-sisanya ke lantai.

Dia mengangkat kaki Alethia ke atas bahunya, seperti tadi malam, dan menelusuri bibir bawahnya dengan ujung cakarnya, mengitari titik sensitif yang dia sebut klitorisnya hingga Alethia menggigil. "Apakah saya mendapat persetujuanmu, Alethia?"

"Sial, ya," dia terkesiap. "Kumohon, Stan."

Tadi malam, dia telah meluangkan waktunya, menjelajahi setiap inci dari tempat paling rahasia. Sekarang, dia tahu persis apa yang harus dilakukan untuk membuatnya menjerit. Sekali, dua kali, tiga kali... celananya semakin ketat, jika dia tidak segera melepasnya, jahitannya akan robek. Tuhan, dan rasa dari wanita itu... itu membuatnya menjadi liar.

Dia menjilatinya dengan malas sambil menarik celananya, membawanya semakin dekat ke orgasme berikutnya saat penisnya keluar.

Dia pasti telah melihatnya, tapi dia bukan gadis pemalu, yang takut dengan panjang dan ketebalannya. "Ya, silakan. Beri aku lagi, Stan. Kumohon!"

Dia membiarkan dirinya menjilat untuk terakhir kalinya, menikmati rasanya, sebelum mendorong pinggulnya ke bawah ke kasur, dengan posisi yang tepat. Kemudian dia menggosokkan kepala penisnya ke klitorisnya, yang kini membengkak karena semua perhatian yang dia curahkan padanya.

"Oh ya. Ya, tolonglah!" pintanya.

"Aku akan menghancurkanmu," dia memperingatkannya. Seolah-olah dia belum menghancurkannya, dengan aturan-aturan masyarakat tempat dia dibesarkan. "Aku akan menghancurkanmu secara menyeluruh, kamu mungkin tidak akan pernah memaafkanku. Tetapi saya akan mengklaim Anda sebagai milik saya juga, sehingga Anda tidak akan pernah membutuhkan pria lain dalam hidup Anda atau di tempat tidur Anda."

"Aku membutuhkanmu di dalam diriku sekarang!" Alethia mengeluh, menggoyangkan pinggulnya seolah-olah dia bermaksud menyeret pria itu ke dalam dirinya di luar keinginannya.

"Pertama-tama kamu harus mengucapkan kata-katanya," katanya, masih membelai dia dengan kepala penisnya. Oh, dia sudah dekat sekarang. Sangat dekat.

"Apa saja. Apa pun yang Anda inginkan," katanya.

"Katakanlah kamu milikku." Dalam tradisi tertua bangsanya, ini adalah inti dari pernikahan. Dua orang mengucapkan kata-kata yang mengikat mereka bersama, sebelum menyempurnakan persatuan mereka. Tidak ada larangan atau saudara atau apa pun, tetapi dua orang yang membuat janji. Ini mungkin tidak berarti apa-apa dalam hukum pada masa itu - keponakan-keponakannya telah mengatakan banyak hal - tetapi itu cukup untuk menjamin masa depan jiwanya dan jiwanya, apakah dia adalah setan, gargoyle, atau monster lainnya.

Mata Alethia memperhatikannya, gelap dengan hasrat atas payudaranya yang indah. Payudara yang tak sabar ingin dibelai. "Kamu milikku," katanya, sambil tangannya melingkari penisnya, menariknya ke arahnya.

Dia belum pernah bertemu dengan wanita yang begitu berani. Tapi dia mencintainya karena itu, lebih dari sebelumnya. Stan memejamkan matanya, lalu membukanya lagi. Mungkin ini bukan cara yang biasa dilakukan, tapi waktu telah berubah, dan dia harus bergerak bersama mereka. Dia membebaskan dirinya dari tangan wanita itu, melingkarkan ekornya pada pergelangan tangan wanita itu agar wanita itu tidak mencengkeramnya lagi.

"Dan kamu milikku," katanya sambil menusukkan penisnya ke dalam tubuh wanita itu.

Dia menjerit, dinding-dinding yang ketat mengepal begitu keras sehingga Stan tidak bisa melakukan hal lain selain menikmati sensasi panasnya yang membakar, merenggutnya seperti halnya dia merenggutnya.

Orgasme melepaskan cengkeramannya pada tubuhnya, dan dia melepaskan cengkeramannya pada pria itu, sehingga pria itu dapat bergerak di dalam dirinya lagi. Satu dorongan lambat. Satu lagi.

"Milikku," geramnya saat dia melaju lebih dalam lagi.

"Ya, ya, ya, ya!"

Seratus, tidak, seribu kali ya, saat dia membawanya, dan dia menyambutnya, sampai kenikmatannya mencapai klimaks dan dia meneriakkan namanya. Pada titik tertentu, kakinya terlepas dari bahunya, yang pertama, lalu yang lain, dan dia membungkuk untuk memberikan ribuan ciuman di masing-masing payudaranya, meremasnya, menghisap putingnya, hingga dia terlepas di bawahnya lagi, menggeliat dengan kenikmatan yang hanya dia yang dapat memberikannya.

Berulang kali, dia membawanya, menikmati ekstasi saat dia berbagi ekstasi dengannya, sampai dia ambruk di atasnya, benar-benar kelelahan. Kepalanya bersandar di dadanya, kakinya terentang di kedua sisi tubuhnya, saat dia menutup sayapnya di sekitar pengantinnya, kekasihnya, dan akhirnya merasa puas.

Seluruh dunia bisa saja pergi ke neraka, tanpa ia pedulikan, tetapi ia akan tetap tinggal di sini.

EMPAT PULUH DELAPAN

Alethia terbangun dengan rasa sakit, baik di dalam maupun di luar. Kemudian dia bergeser dan menyadari mengapa. Dia telah tertidur di atas tubuh Stan, kepalanya bersandar di dadanya, dan tidak ada keraguan tentang apa yang telah mereka lakukan semalam, atau membayangkan itu hanya mimpi, karena penisnya yang besar masih tertanam jauh di dalam dirinya, pada sudut yang sempurna sehingga gerakan sekecil apapun akan mengirimkan percikan listrik langsung ke intinya.

Tangan yang kuat melingkari pinggulnya, mengangkatnya sehingga ia duduk mengangkang, sebelum sayapnya melipat di sekelilingnya untuk menahannya tetap tegak ketika tubuhnya mengancam untuk berbaring lagi, ia merasa sangat tidak bertulang. Apakah mereka benar-benar telah bercinta berjam-jam semalam, begitu lama hingga dia benar-benar tertidur dengan pria itu masih di dalam dirinya?

"Kamu bilang saat kamu beristirahat, kamu ingin menunggangi saya lagi, segera setelah kamu bangun. Kamu begitu gigih, kamu tidak mengijinkanku untuk menarik diri, dan kamu membuatku berjanji..." Stan dengan lembut mengayunkan pinggulnya, menggesekkan kulit sensitifnya ke tubuhnya, dan erangan keluar dari bibirnya. Dia mengayunkannya lagi, tapi kali ini dia mendorong untuk menemuinya, mengirimkan lebih banyak lagi percikan api ke dalam intinya.

Meskipun ia menungganginya, ia tahu bahwa Stan sepenuhnya memegang kendali atas percintaan mereka, dan ia tidak peduli. Setelah semalam, tidak ada yang mengenal tubuhnya sebaik dia, dan hal-hal yang bisa dia lakukan dengannya... dia cukup yakin dia sedang menunggangi seekor unicorn saat ini, salah satu pria langka yang memberikan penis yang sangat luar biasa.

Dia mendapati dirinya bergerak bersamanya, begitu selaras dengan tubuhnya sehingga tidak mengherankan jika mendengar dia mengaum memanggil namanya saat dia meneriakkan namanya. Kemudian dia berbaring di dadanya lagi, menelusuri otot-ototnya. "Kamu milikku," katanya.

Stan menangkupkan payudaranya di tangannya. "Dan kau milikku."

Dia berusaha keras untuk mengingat apa yang telah dikatakannya semalam, sebelum memintanya untuk mengatakannya. Ada sesuatu... "Mengapa ini begitu penting bagimu?"

"Pada zaman dahulu, sampai saya masih kecil, di Skotlandia, cukup dengan mengucapkan sumpah dan menyempurnakan ikatan pernikahan, pasangan sudah diakui sebagai pasangan suami istri, menurut adat kuno. Saya tahu sekarang berbeda, dengan adanya pendeta dan larangan serta hal-hal modern lainnya yang harus dilakukan agar pasangan bisa menikah. Tetapi saya telah menghabiskan berminggu-minggu untuk percaya bahwa saya adalah setan, dikutuk ke neraka untuk selamanya, dan satu hal yang tidak akan saya lakukan adalah mengutukmu bersamaku, tidak peduli seberapa besar aku menginginkanmu. Tadi malam... Saya mulai percaya bahwa saya mungkin tidak terkutuk, bahwa saya mungkin tidak terikat ke neraka, tetapi saya masih belum yakin, dan saya tidak akan mempertaruhkan jiwamu atas nasihat dari tiga orang yang hampir tidak saya kenal. J adi... kami berdua mengucapkan janji suci, dan menyempurnakan persatuan kami, jadi menurut tradisi Skotlandia yang paling kuno..."

Alethia tertawa terbahak-bahak. "Apa kau mencoba mengatakan bahwa aku adalah istrimu? Bahwa suatu malam tadi, dalam kabut yang didorong oleh nafsu saat aku menuntut penismu, kau menikahiku?"

"Ini tidak mengikat secara hukum, atau begitulah yang saya yakini, dan bahkan pada zaman dahulu, Anda akan bebas untuk menceraikan saya, jadi ini bukanlah pernikahan yang sebenarnya dalam arti itu, tapi..." Stan menelan ludah. "Itulah yang akan saya lakukan dengan Carline, jika saya punya kesempatan. Sekarang saya tahu bahwa itu adalah sebuah kesalahan, tapi tadi malam bukanlah sebuah kesalahan. Saya bermaksud untuk mengklaim Anda, dan Anda mengklaim saya, dan kemudian kita..." Oh, dia terlihat sangat manis saat tersipu malu.

"Kami melakukan hubungan seks yang luar biasa selama setengah malam, dan sekali lagi pagi ini. Aku mungkin harus marah padamu - maksudku, menipu seseorang untuk menikah selama pergolakan gairah mungkin sama liciknya dengan pernikahan mabuk di Vegas - tapi seperti yang kamu katakan, itu tidak mengikat secara hukum. Lebih seperti... pertunangan, atau janji. Atau mengatakan aku mencintaimu."

Stan mendengus. "Apa yang kita lakukan tadi malam lebih dari sekadar menyatakan perasaanku padamu. Aku mencintaimu, aku ingin berbagi ranjang denganmu selamanya, senyummu menerangi duniaku lebih terang daripada matahari. .. ini semua adalah hal-hal yang bisa kukatakan berulang kali dan meskipun itu benar, itu tidak sepenting menyatakan bahwa kita berbagi ikatan, dan menyempurnakannya dengan menyatukan tubuh kita."

Dia harus memikirkan hal itu. "Jadi... kamu tidak marah karena aku belum mengatakan aku mencintaimu?" Belum. Jika dia benar-benar telah melupakan Carline untuk menikahinya, dia cukup yakin bahwa Carline berada dalam bahaya karena telah jatuh cinta padanya. Jika dia belum melakukannya, suatu saat nanti malam.

Stan mengangkat bahu. "Kamu akan mengatakannya jika kamu mau, atau tidak. Tapi mata dan tubuhmu telah mengatakan padaku berkali-kali betapa kamu peduli padaku. Bahkan sekarang, kamu menolak untuk melepaskanku, vaginamu yang kencang memegang erat penisku memberitahuku betapa kamu mencintaiku."

Sial, dia masih berada di dalam dirinya. Dan dia tidak ingin bergerak, karena dia merasa sangat nyaman di sana.

"Saya harus mandi," katanya. Jadi dia bisa berpikir. Begitu banyak yang telah terjadi...

"Aku harus ikut denganmu," katanya, sambil berdiri bersamanya. "Jika hanya untuk memastikan bahwa kamu tidak mencoba untuk diam-diam bersenang-senang di sana tanpaku. Saya pasti pantas diceraikan jika pengantin saya tidak cukup mempercayai saya untuk memenuhi kebutuhannya."

Alethia tersipu malu. "Kamu tahu tentang itu?"

Stan menyeringai. "Anda mengeluarkan suara-suara yang terdengar seperti sedang tertekan. Aku tidak punya pilihan selain memeriksamu, untuk berjaga-jaga. Lalu bagaimana jika aku berharap tanganku berada di antara kedua paha Anda dan bukan tangan Anda sendiri? Seorang pria diperbolehkan untuk berharap, bukan?"

"Saya berharap itu adalah tangan Anda juga." Itu dia. Dia mengatakannya.

"Hari ini, mereka akan melakukannya." Tanpa berkata-kata lagi, dia menggendongnya ke kamar mandi, sehingga percintaan mereka bisa berlanjut.

EMPAT PULUH SEMBILAN

Ketika Alethia berhasil melepaskan diri dari Stan cukup lama untuk benar-benar mengenakan pakaian, dia pikir dia mungkin harus mencuci pakaian juga. Belum lagi seprai yang b ersih...

Setelah menyalakan mesin cuci, ia kembali ke kamar tidur dengan membawa seprai baru untuk merapikan tempat tidur yang telah dilucuti, hanya untuk mendengar suara gedebuk di dinding. Awalnya, ia mengira itu mungkin mesin cuci, tapi setelah diperiksa, ternyata mesin cuci itu baik-baik saja.

Dia kembali ke kamar tidur. Ada apa gerangan ...?

Baru setelah dia mendengar suara wanita berteriak, dia baru mengerti. Andrea sang akuntan di sebelahnya pasti juga sedang kedatangan tamu. Tamu yang telah menginap semalam dan masih menikmatinya pagi ini. Tunggu, apakah wanita itu meneriakkan namanya?

Alethia menempelkan telinganya ke dinding, berharap hal itu akan membantunya mendengar lebih baik, tetapi ternyata Andrea tidak meneriakkan nama sama sekali. Kedengarannya seperti dia berteriak, "Inilah jalannya!" Tidak hanya sekali, tetapi berulang kali.

Sungguh hal yang aneh untuk dikatakan saat berhubungan seks.

Sambil menggelengkan kepalanya, Alethea menuju dapur, tempat Stan memutuskan untuk mencoba mesin kopi. Dia masih menatap pemanggang roti dengan curiga, tetapi pesanan belanjaan minggu ini sudah termasuk croissant almond, jadi dia meletakkan salah satunya di atas piring untuknya, yang sangat cocok untuknya.

Alethia terdiam. Hanya satu piring, dan secangkir kopi. Dia masih memiliki tanduk dan sayapnya, jadi dia seharusnya tidak terkejut, ta pi... "Maaf kita tidak berhasil mematahkan kutukan tadi malam, Stan. Mungkin jika kita coba lagi malam ini..."

Stan berbalik dan menyeringai padanya, mengulurkan kopinya. "Tentu saja, jika kau mau. Tapi aku tidak menyesal. Bukan tentang semalam, atau tentang masih memiliki sayap dan sebagainya. Aku memilikimu, dan kau lebih berharga bagiku daripada makanan atau kopi atau bahkan sinar matahari. Kutukan itu mengikatku padamu, jadi aku bahkan tidak yakin aku harus mematahkannya, jika itu berarti aku harus melindungimu. Dan itu akan kulakukan, karena tidak ada yang lebih berharga bagiku selain dirimu." Kopi di atas meja pun tumpah, dan dia memeluknya.

Mata biru itu menatapnya, penuh dengan cinta, sebelum bibirnya turun ke bibir Alethia dan Alethia merasa seperti hanya mereka berdua, menari di antara bintang-bintang, seperti pertama kali mereka berciuman.

Stan yang memutuskan ciuman itu, tetapi hanya untuk mengingatkannya agar meminum kopinya sebelum dingin.

Setelah sarapan, saat Alethea hendak membuang remah-remah croissant ke tempat sampah, ia baru menyadari bahwa ia juga mengabaikan tugas-tugas lainnya. "Aku akan membuang sampah ke bawah. Lalu, jika kamu mau, aku bisa meneliti tentang gargoyle dan setan untukmu, jadi kita bisa menempatkan apa yang kita pelajari semalam ke dalam perspektif."

Tempat sampah daur ulang hampir meluap, jadi Alethea mengambil satu tempat sampah di masing-masing tangan dan turun ke bawah untuk menanganinya. Tempat sampah besar beroda berjejer di gang pendek di samping tempat parkir, jadi dia mengosongkan setiap tempat sampah dapurnya ke tempat sampah yang sesuai yang akan diambil oleh truk-truk kota di akhir minggu, lalu berbalik untuk kembali ke atas.

Hanya untuk menemukan Birger menghalangi jalannya. Berdiri di bawah sinar matahari, di mana Stan tidak bisa datang untuk melindunginya.

Sial.

Dia mengangkat satu tempat sampah di depannya, siap untuk memukulnya jika perlu. "Saya peringatkan kamu. Jika kau tidak menyingkir dan meninggalkanku sendiri, Stan akan memburumu. Kamu tidak seharusnya berada di sini, Birger."

"Apakah Stan orang besar yang mengancam saya sebelumnya?" Birger bertanya. "Pacarmu?"

Alethia mulai menganggguk, lalu menyadari bagaimana hal itu akan terlihat. "Memang dia sekarang, tapi dia belum ada saat aku mengobrol denganmu, atau saat kita bertemu. Dia muncul begitu saja dalam hidupku, dan..." Dan dia ingin bercinta dengannya sepanjang malam, lalu tertidur bersamanya di dalam tubuhnya, sehingga mereka dapat melakukannya lagi di pagi hari. Dia merasakan pipinya menjadi panas. "Maafkan aku."

"Tidak, saya berhutang permintaan maaf kepada Anda. Saya keliru mengira kita adalah belahan jiwa, ditakdirkan untuk bersama, tapi saya salah. Karena Anda, saya menemukan belahan jiwa saya yang sebenarnya, dan... kita tidak akan pernah berhasil. Andrea dan saya, kami sempurna satu sama lain. Kami bahkan menyelesaikan kalimat satu sama lain. Aku mengetuk pintunya karena aku mengkhawatirkanmu, tentang pacar barumu, karena kupikir dia akan menyakitimu. Kamu pincang, dan..."

Alethia berkedip. Dia pincang? Oh, benar. "Pergelangan kaki saya terkilir. Stan datang untuk menemaniku dan membantuku berjalan-jalan saat penyembuhan. Dia bisa ... benar-benar protektif kadang-kadang." Dan saat itu juga sangat panas. Dia menggeram dengan setiap dorongan, sampai dia jatuh di sekelilingnya.

"Yah, saya khawatir, jadi saya mengetuk pintu tetangga Anda, untuk menanyakan apakah dia melihat sesuatu yang mencurigakan. Dan ketika Andrea menjawab, dia mengenakan kaos yang sama persis dengan yang saya kenakan, hanya saja dia memiliki mug yang serasi! Kami mengobrol, dan kemudian satu hal mengarah ke hal lain, d an..." Kini gilirannya yang tersipu malu. "Maaf jika kami sedikit berisik tadi malam. Kami sedang berusaha untuk mendapatkan seorang bayi, Anda tahu, karena kami berdua menginginkannya dan semua buku kesuburan alami mengatakan bahwa Anda harus melakukan banyak hubungan seks."

Dia dan Stan terlalu sibuk melakukan banyak hubungan seks untuk menyadarinya, tapi dia tidak akan mengatakannya pada Birger. Tunggu ... "Eh... seperti saat dia berteriak, 'Ini jalannya'?"

Wajahnya menjadi merah padam. "Kau dengar itu. Maaf. Kami mungkin sedikit terbawa suasana. Kami akan mencoba untuk lebih tenang lain kali, aku janji."

"Terima kasih." Alethia berhenti sejenak. "Apakah itu saja? Apakah Anda akan membiarkan saya lewat sekarang?"

"Ya, aku hanya ingin mengatakan bahwa aku minta maaf. Dan saya harap Anda menemukan jodoh Anda sendiri. Maafkan aku karena aku bukan milikmu," katanya sambil menyingkir, agar dia bisa lewat.

"Permintaan maaf diterima. Dan kau tahu apa? Mungkin aku akan. Jadi kamu tidak perlu mengkhawatirkanku. Saya harap kamu dan Andrea akan sangat bahagia bersama." Alethea berjalan kembali ke apartemennya dengan kepala tegak. Baru setelah ia menutup pintu di belakangnya, ia membiarkan dirinya tenggelam dengan punggung menghadap pintu dan mengeluarkan tawa yang sudah hampir keluar dari tempat sampah.

"Apa itu?" Stan bertanya. "Apa kamu baik-baik saja? Seharusnya kamu membiarkan sampah itu sampai hari gelap, jadi aku bisa pergi membuangnya."

Ya, dia mungkin seharusnya tahu, tapi dia tidak akan tahu apa yang diteriakkan tetangganya saat bercinta dengan Justin Bieber. Apa maksudnya itu? Mungkin itu adalah sesuatu yang mereka dapatkan dari buku-buku kesuburan.

Ketika dia bisa berhenti tertawa cukup lama untuk mengatur napasnya, Alethia berkata, "Tidak apa-apa, Stan. Saya rasa Anda benar-benar membuat penguntit saya takut, dan dia tidak akan mengganggu saya lagi." Tidak jika dia menghabiskan setiap menit waktu luangnya untuk mencoba membuat bayi dengan Andrea.

"Itu adalah kabar baik. Kalau begitu, mungkin aku tidak akan terlalu khawatir tentang keselamatanmu saat kita meninggalkan rumah." Stan menganggguk, lalu berubah serius. "Sebenarnya, aku sedang memikirkan kejadian semalam."

Alethia menyeringai. "Aku juga. Jika aku tahu betapa hebatnya kekasihmu, aku akan berusaha lebih keras untuk merayumu lebih awal."

Dia mengerjap, seolah-olah terkejut. "Bukan tentang seks. Tentang ... sebelum itu. Tentang menjadi seorang gargoyle dan berada di bawah kutukan yang bisa dipatahkan."

Sekarang giliran Alethia yang mengerutkan kening. "Tapi kau bilang kau tidak peduli tentang itu. Bahwa kamu tidak keberatan karena kita tidak mematahkan kutukan itu."

"Saya tidak keberatan, tapi saya bukan satu-satunya yang perlu tahu tentang hal itu. Kau tahu, aku bukan satu-satunya iblis atau gargoyle atau apapun yang kau panggil malam itu. Sepupu-sepupuku... mereka juga kembali."

Lebih banyak gargoyle? Bagaimana mungkin Alethia tidak melihat mereka?

Tunggu... apakah gargoyle adalah penyebab dari semua kuburan kosong di pemakaman itu? Mereka menemukan setidaknya selusin dari mereka. Selusin gargoyle, terbang di sekitar kota... mereka akan menyebabkan kekacauan. Jika mereka belum melakukannya.

"Berapa banyak?" tanyanya.

"Kami berempat. Satu pelindung untuk setiap gadis."

Setiap gadis? Empat pelindung, empat gadis ... "Maksudmu gadis-gadis lain yang bersamaku malam itu?"

Oh sial. Ini tidak baik. Jika gargoyle telah menguntit Callie. Atau Tacey. Atau mendekati putri Tacey, Rory. Dan Octavia... dia tidak menakutkan sendirian, tapi dia mengenal orang-orang. Orang-orang yang menakutkan. Orang-orang yang mempercayainya untuk memperbaiki masalah IT mereka dan menjaga rahasia mereka, yang berhutang budi padanya.

"Apa yang terjadi dengan mereka? Di mana mereka sekarang?" Alethia bertanya.

Stan tampak kosong. "Kami semua terbang ke tempatmu untuk memenuhi panggilan. Ketika aku melihatmu, aku mengklaimmu sebagai milikku, dan menyuruh mereka untuk mencari gundik mereka sendiri. Mereka masih terbang berkeliling, mencoba memutuskan siapa yang mendapatkan siapa, ketika saya menerbangkanmu pulang. Saya harus mengingatkan mereka bahwa Anda adalah milik saya beberapa kali sebelum akhirnya mereka terbang mengejar gadis-gadis lain."

"Jadi, jika gadis-gadis itu pulang ke rumah, seperti yang aku suruh, teman-teman gargoyle-mu mungkin mengikuti mereka?" Alethia berkata perlahan.

Stan mengangguk. "Tentu saja. Karena aku adalah pelindung kalian, mereka masing-masing memilih seorang gadis untuk dilindungi. Mereka tidak akan meninggalkan mereka."

Tiga orang malang yang dikutuk dari masa lalu. Sepupu Stan. Yang membuat mereka menjadi keluarga. Alethia memejamkan matanya. "Kita harus membantu mereka."

"Baik sekali Anda menawarkannya, tetapi tidak perlu. Sungguh. Saya yakin mereka adalah pelindung yang memadai, dan tidak ada hal buruk yang akan terjadi pada sepupu-sepupu Anda. Mereka sama amannya denganmu."

Stan tidak mengerti. Dia tidak mengenal keluarganya. Dia adalah seorang pria Kabupaten yang berpikir bahwa wanita perlu dilindungi, bukannya menjalani kehidupan yang mereka inginkan. Dan gadis-gadis di Bell House, menurut definisinya, adalah tipe yang berjuang untuk hidup dengan segala cara yang mungkin, sampai hidup memberikan apa yang mereka inginkan. Stan tidak tahu apa yang akan dihadapi oleh sepupu-sepupunya yang malang itu.

"Saya tidak mengkhawatirkan sepupu-sepupu saya, Stan, saya mengkhawatirkan sepupu-sepupu Anda. Terutama jika mereka semua pergi ke Bell House..." Oh sial, seharusnya dia pergi berkunjung lebih cepat. Mereka semua mungkin sedang berada di taman di luar Bell House sekarang. Dengan lampu UV yang menyala di malam hari untuk mencegah para pria malang itu. Karena jika ada yang tahu bagaimana cara menghadapi makhluk gaib, itu adalah Callie. Alethea perlu memoles penelitiannya. Gargoyle, setan... apa lagi? Apapun yang dia punya waktu, dia menebak-nebak. "Begitu hari sudah gelap, aku akan mengantarmu pada mereka. Karena jika sepupu-sepupumu mengikuti Callie, Tacey, dan Octavia kembali ke Bell Hou se... kutukan gargoyle akan menjadi masalah yang paling kecil bagi mereka, percayalah."

Mata Stan membelalak. "Apakah mereka.. . penyihir, seperti Carline?"

"Yah, kita semua adalah keturunannya, jadi siapa pun dari kita bisa mewarisinya... tapi saya pikir hanya Callie yang benar-benar memenuhi syarat. Dia bisa mengutuk kalian dengan sesuatu yang jahat... dan dialah yang menemukan cara untuk memanggil kalian semua, jadi jika ada yang penyihir, dia mungkin penyihir." Penyihir yang tidak percaya pada sihir. Atau orang baik.

"Seorang wanita benar-benar berbahaya bagi tiga pria dewasa?" Stan tidak ingin mempercayainya.

Alethia menjadi muram. "Callie dan kutukannya adalah bahaya bagi semua pria. Terutama jika mereka membuatnya kesal. Dan kutukan favoritnya? Kamu tidak bisa mematahkannya jika kamu tidak fasih berbahasa Latin atau Yunani Kuno."

"Kalau begitu kita harus menyelamatkan mereka sebelum dia membunuh mereka," kata Stan.

"Atau lebih buruk lagi," Alethia menambahkan dengan pelan.

Ingin membaca lebih lanjut?

Buku berikutnya dalam seri ini adalah

Juara Batu

yang bisa Anda dapatkan DI SINI: https://demelzacarlton.com/romansa-gargoyle-pelindung/

Tentang Penulis

Demelza Carlton selalu menyukai lautan, tetapi pada perjalanan snorkeling pertamanya, ia merasa takut dengan ikan.

Sejak saat itu, ia berenang bersama singa laut, hiu, dan teripang, serta berdiri di tebing yang basah kuyup di atas lautan yang mendidih saat gelombang topan setinggi tujuh meter menerjang dan menghancurkan sebuah kapal karam di bawahnya.

Demelza sekarang tinggal di Perth, Australia Barat, ibu kota serangan hiu di dunia.

Serial Ocean's Gift adalah karya fiksi pertamanya, yang kemudian disusul dengan trilogi Nightmares yang menegangkan. Dia bersumpah serial Mel Goes to Hell menyergapnya di kereta api yang penuh sesak dan tidak akan meninggalkannya sendirian.

Ingin tahu lebih banyak? Cari tahu lebih lanjut tentang buku-buku Demelza di situs webnya, Demelza Carlton's Place di: https://demelzacarlton.com/